KB078213

MONSTER HOLE

FUSION FANTASTIC STORY

몬스터 홀

킹메이커 장편 소설

몬스터 홀 己

킹메이커 장편 소설

초판 1쇄 찍은 날 § 2014년 11월 11일
초판 1쇄 펴낸 날 § 2014년 11월 18일

지은이 § 킹메이커
펴낸이 § 서경석

편집부장 § 권태완
편집책임 § 한준만

펴낸곳 § 도서출판 청어람
등록번호 § 제387-1999-000006호
등록일자 § 1999. 5. 31
어람번호 § 제1-1979호

주소 § 경기도 부천시 원미구 부일로 483번길 40 서경B/D 3F (우) 420-822
전화 § 032-656-4452 팩스 § 032-656-4453
http://www.chungeoram.com
E-mail § chungeorambook@daum.net

ⓒ 킹메이커, 2014

ISBN 979-11-316-9281-3 04810
ISBN 979-11-316-9279-0 (세트)

※ 파본은 구입하신 서점에서 교환하여 드립니다.
※ 저자와 협의하여 인지를 붙이지 않습니다.
※ 이 책은 도서출판 청어람과 저작자의 계약에 의해 출판된 것이므로,
   무단 전재 및 유포 · 공유를 금합니다.

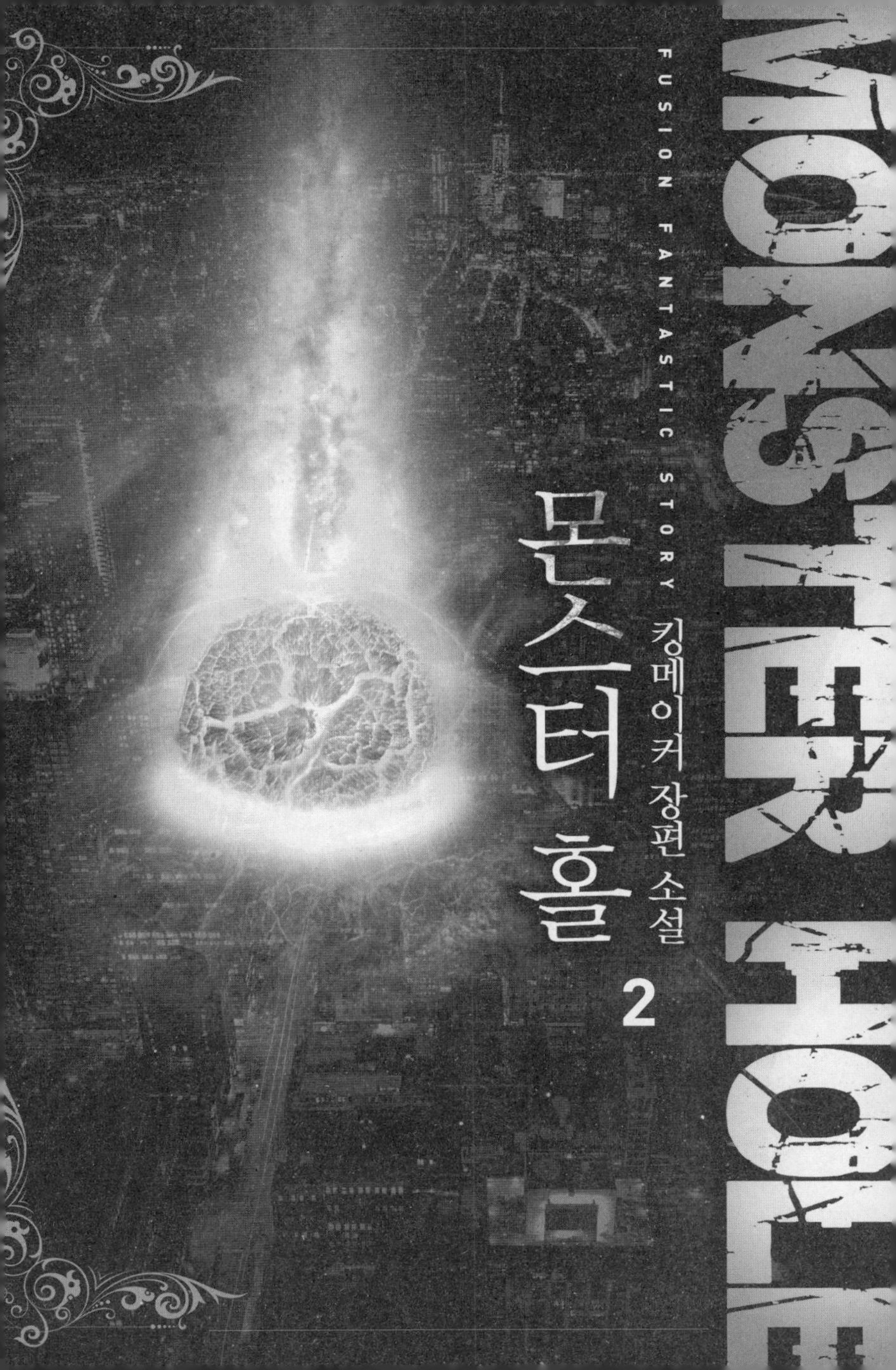
MONSTER HOLE
FUSION FANTASTIC STORY
몬스터 홀
킹메이커 장편 소설
2

몬스터 홀
MONSTER HOLE

CONTENTS

제1장

환원

성준과 헤어진 소녀는 친구들에게 돌아가다가 객석 모서리 틈에 떨어진 구슬을 발견했다.

"와, 신기하다."

구슬은 안쪽에 하얀색의 안개가 흐르고 있었다.

"소연아, 뭐해?"

동료가 부르는 소리에 소연은 구슬을 주머니에 넣고 사람들에게로 뛰어갔다.

성준은 자꾸만 아쉬운 기분이 들어서 길을 가다가 공연장을 뒤돌아보았다. 하지만 못 찾은 구슬은 어쩔 수 없어서 털어버리기 위해 노력했다.

성준은 우선 여의도 공원 남쪽의 도로를 지나 경계를 빠져 나왔다. 그리고 경계 밖에 있는 요원을 만났다.

"단장님이 지원팀 준비가 끝났답니다. 여의도 공원 옆 경인로 남쪽과 북쪽에 저격팀이 모두 자리를 잡았습니다."

"네, 알겠습니다."

성준은 자전거를 타는 것이 좋을지 잠시 생각해 보다 걸어서 이동하기로 했다. 자전거를 타고 가면 내부 상황에 대처하기가 힘들 것 같았다.

성준은 다시 경계 안으로 들어와 북쪽으로 이동하기 시작했다.

경인로는 원형으로 생성된 던전의 중앙을 아래에서 위로 관통하는 도로였다.

몬스터홀이 생성된 여의도 공원 옆으로 길이 나 있었다.

왕복 12차선의 넓은 도로였다. 성준은 쇠뇌를 다시 꺼내고 낮은 자세로 이동하며 계속 주위를 살폈다.

대로에는 수십 대의 자동차가 문이 열린 채로 방치되어 있었다.

사람은 보이지 않았다. 뒤집히거나 찌그러진 몇몇 차에 피가 묻어 있는 것으로 봐서는 몬스터가 습격한 것 같았다.

평소라면 사람으로 북적일 여의도 공원은 삭막하기만 했다. 뭔가 살아 있다는 느낌이 결여되어 있었다.

반대편의 건물을 보자 창문 사이에서 사람의 모습이 보였다. 몇몇 사람은 창을 두드리다가 옆 사람의 만류로 멈추기도 했다.

　그런데 사람들은 어느 누구도 건물 밖으로 나오려고 하지 않았다. 밖에 있는 무언가로 인해 공포에 질린 모양이었다.

　100미터쯤 지나자 사람들을 밖으로 나오지 못하게 한 몬스터를 볼 수가 있었다.

　4미터의 거대한 덩치의 몬스터가 건물 사이에서 나타났다. 몬스터는 도로를 가로지르며 성준을 향해 달려들었다.

　몬스터는 거대한 오랑우탄처럼 생겼는데 신기하게도 몸에 통짜 쇠로 된 갑옷을 걸치고 손에는 거대한 쇠몽둥이를 들고 있었다. 쇠몽둥이에는 피가 덕지덕지 묻어 있었다.

　성준은 바로 능력을 사용해서 몬스터를 확인했다.

　―XXX 방어 가디언.

　―3등급.

　―수림족. 강력한 힘과 방어력. 낮은 지성 보유.

　―약점: XXX XXX.

　―마스터: XXX.

　―대상 마스터의 능력에 의해 정보가 일부분 제한됩니다.

　"모르는 내용이 더 늘었군. 3등급이라… 상대가 안 될 것 같은데."

성준은 몬스터의 정보에 눈살을 찌푸리고 차도로 뛰어들어 차 사이를 이리저리 빠져나갔다. 그리고 뒤를 돌아보자 눈이 둥그레졌다.

꽝! 꽝!

몬스터는 성준과 자신의 사이를 차들이 막자 손에 든 몽둥이로 차들을 후려 갈겼다. 그러자 차들이 좌우로 튕겨져 나갔다. 몬스터는 그렇게 앞의 차를 치워 버리고 성준에게 성큼성큼 접근했다.

"이런. 따라 잡히겠다."

성준은 고속이동을 사용해서 앞으로 달렸다. 다행히 앞쪽에 빈 공간이 보여 20미터 정도를 순식간에 이동할 수 있었다. 뒤를 돌아본 성준은 몬스터와의 사이가 벌어진 것을 보고 조금 안심했다.

쾅! 쾅!

그때였다. 저 앞쪽의 자동차들이 하늘로 날아갔다. 그리고 그 뒤로 같은 형태의 몬스터가 등장했다. 옆쪽의 건물 사이에서도 몬스터가 등장했다.

성준은 공원을 돌아보았다. 그곳에서도 나무 위로 몬스터의 얼굴이 보였다.

"사면초가인가."

성준이 사방을 보고 긴장하고 있을 때였다. 뭔가 공기를 가르는 소리가 들리더니 전방의 몬스터의 머리가 뭔가에 얻어 맞고 뒤로 덜컥 젖혀졌다. 저격이었다.

"잘했어!"

성준은 총을 맞은 몬스터 쪽으로 뛰어가며 소리쳤다.

쿵!

제자리에 앉아버린 몬스터는 머리를 두 손으로 잡고 끙끙 거렸다.

"3등급 되니까 총알도 안 뚫리냐!"

강한 방어력은 수림족의 기본적인 능력이지만 성준이 그 내용을 알 수는 없었다.

성준은 머리를 잡고 있는 몬스터의 옆을 그대로 달려 나갔 다. 그 뒤로 나머지 3마리의 몬스터가 따라왔다. 사방에 자동 차가 날아다녔다.

하지만 잠시 뒤, 뒤쪽에서 날아온 총알에 의해 몬스터들은 앞으로 꼬꾸라졌다. 맨 처음 맞았던 몬스터는 성질이 났는지 일어나서 사방으로 난동을 부렸다. 그 바람에 꼬꾸라진 몬스 터와 난동부리는 몬스터, 그리고 사방을 날아다니는 자동차 로 그야말로 난장판이었다.

성준은 사방을 날아다니는 자동차를 피하느라 필사적으로 감각을 활성화시키면서 달려갔다.

잠시 뒤, 난동 지역을 어느 정도 벗어난 성준은 멈추어 선 버스 뒤에 앉아서 숨을 헐떡였다.

'이래서는 아무도 밖을 다닐 수 없겠군.'

성준은 버스 옆으로 머리를 내밀고 상황을 봤다. 난동을 피우던 몬스터들은 어느 정도 진정이 되자 모두 쿵쾅거리면서 처음 자리로 돌아가기 시작했다.

"자, 이제 가운데쯤 왔겠지?"

성준은 머리 위의 문양을 보고 고개를 돌려 공원을 바라보았다. 성준이 있는 곳에서 공원의 중심까지 보도블록이 깔려 있었고 좀 앞부터 빙 둘러 바리케이드가 쳐져 있었다. 그 안쪽이 몬스터홀인 모양이었다.

바리케이드는 중간중간 뚫려 있었는데 그 앞으로 나무들마저 꺾여 있는 것으로 보아 몬스터가 나온 흔적 같았다.

"저 안에 문양의 약점인가가 있어야 할 텐데. 안 그럼 시간에 안 맞을 텐데."

성준은 버스 뒤에 앉아서 크게 심호흡을 하고 몸 상태를 점검했다. 그리고 영기가 다 차기를 기다렸다가 낮은 자세로 몬스터홀로 접근했다.

몬스터홀 주위에는 아무 몬스터도 없었다. 단지 나무 위로 멀리 가디언이라는 몬스터의 머리가 지나가는 것이 보였다.

성준은 바리케이드를 지나 몬스터홀에 다가갔다. 점점 발걸음이 느려져 몬스터홀의 가까이에서는 거의 포복 자세로 기어갔다.

성준은 결국 몬스터홀에 머리를 내밀었다. 아래로 깊은 구멍이 있었다. 그 안에는 원형의 검은색 문양이 바닥을 거의 채운 채 빙글빙글 돌고 있었다.

성준은 영기분석을 사용했다.

―영기 연결진.

―영기 투영진과 하위 던전을 연결함.

―코어 존을 제외한 모든 하위 던전이 지구 존에 재구축됨.

―약점: 코어 존에 있는 XXX을 제거하면 영기 투영진을 회수함.

"안에는 코어 존만 있고 그곳에 있는 어떤 것을 없애라는 이야기군."

나무 위에서 보이던 몬스터의 머리가 어느 순간 안 보였다. 성준은 벌떡 일어나 몬스터가 있던 곳의 반대 방향인 북쪽으로 뛰기 시작했다. 성준이 뛰자마자 몬스터가 있던 자리보다 20미터쯤 지난 곳에 위치한 나무가 쓰러지면서 몬스터의 머리가 불쑥 솟아올랐다.

"머리가 좋기만 하구만."

성준과 몬스터의 추격전이 다시 시작되었다. 다행히 나무가 많아서 둘 사이의 간격이 좁혀지지는 않았다. 그때 몬스터가 옆의 보행자 통행로로 이동해서 따라왔다.

성준은 속으로 욕을 하면서 공원을 가로질러 다시 옆의 차도로 뛰어들 수밖에 없었다.

성준이 차도로 나오자 북쪽 지역을 지키는 놈들이 있었는지 빌딩들 사이에서 몬스터들이 나타났다. 이번에도 세 마리의 몬스터가 방에서 다가왔다.

"제길, 도대체 몇 마리나 있는 거냐. 내가 본 것만 여섯 마리네."

성준은 주위를 둘러봤다. 북쪽에도 저격팀이 있다는데 있는 곳을 찾을 수가 없었다. 그때였다. 바람을 가르는 소리가 들렸다.

쿵!

땅!

성준의 앞을 막은 몬스터 두 마리가 머리에 충격을 받고 앞으로 쓰러졌다. 그런데 성준을 쫓던 몬스터는 총격을 받았던 경험 때문인지 한 손으로 얼굴을 막고 달려오다 총알이 갑옷에 맞아 튕겨져 나왔다.

성준은 고속이동을 사용해서 쓰러진 몬스터를 뛰어넘었다. 그리고 감각의 활성화를 사용해 앞을 바라봤다.

700미터 전방 마포대교 진입로에 전경버스 두 대가 길을 막고 있었고 그 지붕에서 망원렌즈가 반짝였다. 경계 밖 전경버스 위에 엎드려 저격한 것이었다.

성준은 마음속으로 감사를 표하고 앞으로 달려갔다.

"크아앙!"

뒤에서 쫓아오던 몬스터는 쓰러진 다른 몬스터 때문에 앞이 막히자 고함을 내지르면서 방망이를 든 손을 뒤로 뺐다. 가슴과 팔의 근육이 갑옷을 밀어 올리면서 가득 강화되었다.

그리고 몬스터는 몽둥이를 그대로 앞으로 던졌다.

"이크."

성준은 자신에게 날아오는 줄 알고 움찔 몸을 숙였지만 몽둥이는 성준의 위를 한참 지나서 앞으로 앞으로 날아갔다. 한참을 날아간 몽둥이는 전경버스와 충돌했다.

쾅!

전경버스는 충격으로 나동그라져 버렸고 저격병은 어떻게 되었는지 알 수가 없었다.

"크앙! 크앙!"

성준은 핼쑥해져서 몬스터의 고함을 뒤로 한 채 몬스터가 튀어나온 빌딩 사이의 도로에 뛰어들었다. 왕복 4차선의 도로였는데 2차선을 임시로 4차선으로 만들었는지 상당히 좁았다.

성준은 계속 달리면서도 걱정이 태산 같았다. 저 몬스터홀 안에 들어가서 뭘 없애야 하는데 자신의 능력을 이야기하지 않고 설명하기는 쉽지 않았다.

그렇다고 자신 혼자 들어가서 해결하기도 힘들 것 같았다. 적어도 팀을 짜서 들어가야 할 것 같은데 저 힘세고 튼튼한 몬스터 사이를 피해 몬스터홀에 들어갈 수 있는 사람은 자신 밖에는 없을 것 같았다.

성준은 빌딩과 아파트 사이의 좁은 차도 중앙을 뛰어가고 있었다. 길가 인도에 바짝 붙여서 차가 서 있어 그나마 좁은 길이 더 좁았다.

낮은 자세로 달려가고 있는 성준의 시야 한쪽에 아파트 단지를 어슬렁거리는 몬스터의 모습이 보였다. 방송국에서 보았던 새처럼 생긴 공룡이었다. 성준은 하나하나 상대할 시간이 없어 안전지대로 삼기로 한 민간 방송국을 향해 달렸다.

민간 방송국이 보였다. 본관 뒤에 있는 3층짜리 낮은 건물에 사람이 언뜻언뜻 보였다. 피난한 사람인 것 같았다. 성준은 안심하고 더욱 속도를 냈다.

성준의 달려가는 모습을 방송국 뒤의 아파트 단지 사람들이 본 모양이었다. 베란다로 사람들이 성준을 가리키고 있었다. 아파트에서 몇 명의 사람들이 뛰어나왔다.

한 아주머니가 소리쳤다.

"저희도 데려가 주세요!"

몬스터를 피해 자신의 집에 있던 사람들이 더 이상 못 참고 뛰어나온 것이었다.

"어서 집으로 들어가세요. 아직도 몬스터들이 돌아다녀요!"

성준은 달리다가 멈추어 서서 사람들에게 소리쳤다. 그렇지만 사람들은 성준과 움직이는 것만이 살길인 것처럼 성준에게 달려들었다.

"이런, 모두 방송국을 향해 빨리 뛰어요!"

성준은 사람들을 방송국으로 향하게 했고 뒤에서 그들을 따라가기 시작했다.

말이 씨가 된다고 아파트 사이에서 한두 마리씩 몬스터가 등장하기 시작했다. 사람들이 나오기만을 기다리고 있었던 모양이었다.

성준은 쇠뇌를 꺼내 한 손을 뒤로 돌려 몬스터의 몸을 향해 발사했다. 제일 앞에 오던 몬스터가 털썩 쓰러졌다.

"제길."

성준은 쇠뇌를 장전할 시간이 없었다. 바로 칼로 바꿔 들고 뒤를 돌아보았다. 몬스터들은 각기 비명을 지르며 달리는 사람들을 쫓았다. 성준이 한 마리씩 잡을 방법이 없었다.

성준은 이를 악물고 제일 가까운 놈의 몸에 칼을 꽂았다. 그놈을 잡는 사이 다른 몬스터가 성준을 지나갔다. 성준이 몸을 돌려서 몬스터를 바라봤다.

슈슈슉!

맨 뒤에 달리는 사람을 거의 잡기 직전인 몬스터의 머리에 화살이 솟아났다.

퍽. 퍽. 퍽!

몬스터들은 하늘에서 쏘아진 화살에 한 대씩 정확히 맞고 그대로 바닥에 몸을 굴렀다. 사람들은 비명을 지르면서 뒤도 안 돌아보고 방송국 건물로 뛰어 들어갔다.

성준은 몬스터들이 바닥을 뒹굴다 연기가 되어 올라가는 모습을 보고 화살이 쏘아진 건물의 옥상을 바라보았다.

그곳에는 교복을 휘날리며 양궁을 손에 들고 옥상 난간에 서 있는 3명의 여고생과 가슴을 난간에 걸치고 손을 흔드는 하은이 보였다.

성준은 기쁘기도 하고 걱정스럽기도 해서 하은에게 소리쳤다.

"여기 왜 온 거야! 위험하게!"

하은은 손목을 들어 올리며 말했다.

"충전하려고 왔어요. 겸사겸사 아르바이트 중이에요."

방송국에 들어서니 출입문에서 정 대위와 호영 등을 만날 수 있었다.

"어떻게 이쪽으로 왔어요? 그곳에서 안 놔주었을 텐데요."

"같이 진입한 동기가 있어서 동기가 그쪽에 남았습니다."

"귀환자가 더 있었어요?"

"아뇨. 여의도 경계를 진입할 때 지원자들을 받았는데 제 동기 한 명이 지원했습니다. 그가 그쪽에 남았죠."

정 대위의 말투에서 그리 사이가 좋은 사람은 아닌 것 같았다.

"그 인간 열라 재수 없어. 나랑 재식을 무슨 민간인이라고 부르면서 없는 사람 취급하지를 않나. 국회의원 만나서는 무슨 강아지처럼 꼬리를 흔들고 있고."

"그래도 격투 실력은 상당한 친구라 도움이 많이 되었습니다."

"도움은 무슨. 그 인간 빼고 나머지가 엄청 고생했지. 같이 지원한 군인들은 엄청 죽어나갔잖아. 그 인간은 민간인 보호한다고 국회의원하고만 같이 다니고."

호영은 사이 나쁜 정도가 아니라 성질나서 난리인 모양이었다.

"내가 정 대위가 안 말렸으면 그 인간하고 국회의원 놈들하고 다 아작 냈어."

정 대위와 호영 등은 20여 명의 특수부대 지원자와 함께 경계 밖을 빙 둘러서 국회 의사당 앞쪽 경계로 뛰어들었다.

여당 당사까지는 무사하게 갔지만 당사 건물 안에서 몬스터와 접전이 벌어졌다. 복도식 건물이었기에 사무실 하나하나를 확인해야 하는데 이곳저곳에서 튀어나오는 몬스터와의 싸움이 많이 힘들었다.

문제는 국회의원들이 피해 있던 사무실을 찾고 나서였다.

한숨 돌리고 부대원 한 명을 전령으로 삼아 밖으로 보내고 야당 당사도 수색하려고 했을 때, 국회의원들의 강압에 발목이 잡히고 말았다.

　그들은 가지 말아야 한다면서 언성을 높였다.

　그때 그 시끄러운 소리를 들었는지 창문으로 엘리트 몬스터 한 마리가 난입했고 그야말로 난장판이 되었다.

　호영과 정 대위와 군인들이 몬스터를 막는 사이에 다른 사람들을 그 동기가 이끌고 경계 끝에 있는 국회 도서관까지 달린 모양이었다.

　"무식하면 용감하다고 그 많은 인원이 그렇게 달릴 줄 누가 알았어. 많이도 죽었지."

　그 달리는 모습을 본 주변 건물에 있던 사람들, 그리고 야당 당사에 있던 사람들까지 뛰쳐나와 국회도서관으로 달려갔다. 그 모습을 본 몬스터들이 달려 나와 뒤꽁무니에서 뛰어가던 사람들을 죽여 나갔다.

　국회의사당 앞 국회대로에 도착해서야 저격병에게 보호받으며 국회도서관까지 들어갈 수 있었다.

　"뛰던 사람의 반은 죽었을 거야. 먼저 달리던 국회의원 놈들은 거의 살았으니 기가 찰 노릇이지."

　덕분에 살아난 국회의원들은 그 동기란 사람을 신뢰하게 되었고 조 단장의 연락을 받은 정 대위는 본인과 임 하사, 민간인인 호영과 재식을 데리고 경계 밖으로 나가 다른 부대원과 이쪽으로 밀고 들어오게 된 것이었다.

"여기는 엘리트가 없었나요? 빨리 정리되었네요."

"다행히 엘리트는 없었습니다. 일반 몬스터도 특별히 강하지 않았고요."

성준은 고개를 끄덕이고 다른 것을 물어보았다.

"하은과 여자애들은 왜 여기에 있죠?"

"만약의 사태를 대비해 선착장에서 대기하다가 숫자도 채울 겸 모든 귀환자가 여기 안전지대에 머물게 되었습니다."

"사람들이 싫어하지 않았나요?"

"던전에 들어가는 것 보다야 이미 정리된 건물에 있는 것이 백번 더 좋지 뭐."

호영이 당연하다는 듯이 이야기했다.

"부대장님과 조 단장님이 협의가 필요하다고 선착장으로 최대한 빨리 와달라고 했습니다."

"네, 그러죠."

성준도 몬스터홀에 대해 어떻게 말해야 하나 고민스러웠다.

바쁘게 선착장으로 가게 된 성준은 하은들에게 손만 흔들어 주고 바로 정 대위 등과 함께 선착장으로 갔다. 길은 저격팀이 지켜주어 무사하게 선착장에 도착했다.

여전한 정장 차림인 조 단장 옆에 처음 보는 장군이 같이 있었다.

"이분은 몬스터홀의 대응을 담당하고 계시는 강의주 준장입니다. 여기를 관할하고 있는 부대를 담당하고 계시지요."

"반갑습니다."

장군은 정 대위에게 경례를 받고 정 대위를 제외한 사람들과 한 명씩 악수를 했다.

조 단장은 장군에게 양해를 구하고 자신이 말을 이어 나가기 시작했다.

"여러분을 급하게 모신 까닭을 설명해 드리겠습니다. 우선 저희들의 모아온 정보에 의하면 지금까지 이상 현상이 발생한 몬스터홀의 숫자는 31개로 첫날 발생한 몬스터홀 중 복귀자가 없는 몬스터홀과 일치합니다. 현재까지 이상 현상이 사라진 몬스터홀은 5개인데 자연스럽게 사라진 곳이 4개, 실력으로 원상 복구된 곳이 하나입니다."

사람들은 조 단장의 입을 주시하며 입도 뻥긋하지 않았다.

"실력으로 원상 복구된 곳은 중국 북경에 나타난 몬스터홀입니다. 북경에 대기하고 있던 베이징 군구 소속 2만 명이 총검을 들고 투입돼서 4시간 만에 정리되었습니다. 정보에 의하면 중국에 있는 모든 귀환자가 투입되었다고 합니다. 문제는 자연스럽게 이상 현상이 없어진 4개의 몬스터홀입니다. 안에 있던 모든 사람에게 손목의 숫자가 보인다고 합니다. 모두 귀환자가 된 거지요."

"노예가 다 떨어지니 새로운 노예사냥에 나선 것 같구먼."

아무 생각 없이 한 호영의 말에 모두 심각한 표정을 지었
다.

"아무튼 4개의 몬스터홀은 모두 이상 현상이 시작된 지 각
각 7시간 만에 이상 현상이 사라졌습니다."

모두 핸드폰을 꺼내려다가 핸드폰이 없자 해를 바라보았
다. 해가 많이 기울어져 있었다. 한 시간 정도 뒤면 해가 질
것 같았다.

"여의도 몬스터홀은 2시간 남았습니다."

조 단장이 핸드폰 시간을 확인하고 이야기했다.

"우리는 2시간 안에 중국처럼 몬스터홀을 처리해야 합니
다. 성준 씨, 혹시 오면서 몬스터홀을 확인해 보셨습니까?"

성준은 잠시 생각을 정리했다. 좋은 기회였다.

"몬스터홀 내부에 하늘에 떠 있는 것과 같은 검은색의 문
양이 회전하고 있었습니다. 제 예상에는 귀환자가 그리로 진
입하는 것이 아닐까 합니다."

"정보에 의하면 중국 귀환자도 몬스터홀을 향하여 움직였
다고 합니다. 성준 씨 말이 맞을 것으로 생각됩니다."

"그런데 몬스터홀로 접근 자체가 힘들 것 같은데요. 근처
도로와 공원에 있는 몬스터가 너무 강해요. 저격으로도 넘어
지기만 하고 나중에는 막기까지 하던데요."

"그 문제는 우리가 해결하겠네."

여태 조용히 이야기를 듣고 있던 장군이 말을 꺼냈다.

"그 이야기가 나오기 전부터 우리는 몬스터를 처리할 방도를 준비해 놓았네."

성준은 주위를 둘러봤다. 정 대위와 조 단장은 표정의 변화가 없는 것이 준비한 것이 무엇인지 아는 분위기였다.

"여기에 있는 인원이 귀환자 최고의 전력입니다. 지원한 특수부대 병력과 여러분이 나서서 이 일을 해결해 주셔야 합니다."

조 단장의 열변 후에 성준은 조용히 손을 들었다. 이대로 계속 휘말리면 끝도 없었다. 성준은 승부를 걸어보기로 했다.

"저는 참여할 필요가 없을 것 같은데요. 민간인입니다만."

성준은 버텨보기로 했다.

"동생분도 안에 있지 않습니까?"

"제가 데리고 다니면 됩니다. 여성분들 여러 번 데리고 다녔습니다."

호영과 재식이 눈치를 살피더니 슬쩍 손을 들었다.

"저희들은 동생도 안에 없습니다만."

조 단장은 정말 아쉬운 표정이었다. 준장이 나섰다.

"여러분은 애국심도 없습니까? 저 안쪽의 시민들이 위험합니다!"

"저는 없는데요."

성준의 한마디에 준장이 화난 표정으로 얼굴을 돌리다가 성준을 보자 입을 다물었다. 성준이 주위를 둘러보자 조 단장과 장군, 정 대위 모두가 성준의 상황을 아는 눈치였다.

"다들 아시는 모양이니 편하군요. 네, 저는 애국심이 없기 때문에 아무 보상 없이 이런 위험한 일을 할 수는 없습니다. 몬스터홀에 들어갔던 거야 나 살고자 들어간 것이고요. 동생도 무사한 것을 확인했으니 제가 몬스터홀에서 잘 데리고 다니면 됩니다."

성준은 동생을 데리고 다닐 생각이 전혀 없었다. 속으로 식은땀을 흘렸다. 최대한 담담한 척해야 했다.

'제길, 정 안되면 구슬 다 지연이 먹으라고 줘야지.'

"준장님, 잠시 따로 이야기하겠습니다."

조 단장은 성준과 둘만 자리를 옮겼다.

"성준 씨의 사정을 저희가 아니까 은행 빚을 없애 드리지요. 아직도 상당히 남았지요? 채권 관계라 저희가 처리가 가능합니다. 돈이 실제로 움직이면 저희도 고생이라서요."

성준은 조 단장을 지그시 바라보다가 말했다. 더 중요한 것을 요청하기로 했다.

"그것하고 소말리아 사건을 묻으라고 한 사람, 혹은 그룹에 대해서 알려주십시오. 그럼 하겠습니다."

조 단장은 조금 고민하는 듯하다가 고개를 끄덕였다.

"그렇게 하지요. 저희에게 피해가 올 수도 있지만 성준 씨와의 좋은 관계를 위해서 최선을 다하겠습니다. 문제가 해결되면 바로 알려드리지요."

피해는 없었다. 아예 각오하고 감각을 활성화해 조 단장을 계속 파악하고 있던 성준은 조 단장에게서 거짓말을 잡아냈다.

"부서에 피해를 주실 분이 아니질 않습니까? 다른 이유가 있겠지요."

"하. 하. 하. 설마요."

조 단장은 살짝 움찔했다.

성준과 이야기를 마친 조 단장은 다시 일행에게로 왔다.

"성준 씨와 이야기가 잘 되었습니다. 호영 씨와 재식 씨는 처음 받기로 한 보상의 두 배, 어떻습니까?"

호영은 성준이 참여하기로 했다는 이야기에 바로 조 단장의 제안을 수락했다. 재식도 호영을 따라 수락했다.

"모두 이야기가 된 것 같으니 저는 부대를 지휘하러 움직이겠습니다."

준장은 사탕 봉지를 받은 아이의 모습으로 후다닥 이동했다.

"그럼 우리도 출발하죠."

"부탁드리겠습니다."

조 단장은 모두에게 인사했다.

투입되는 부대원들과 정 대위는 서로 몇 가지 이야기를 한 후 모두는 다시 경계로 진입했다.

"정 대위님, 저랑 잠시 이야기 좀 하실까요?"

아직 저격병 시야 내이기에 안전지대까지 속보로 걸어가고 있었다.

"말씀하세요."

정 대위는 발걸음을 성준에게 맞추었다. 성준은 정 대위에게 작게 이야기했다.

"엘리트에게서 나온 구슬 가지고 있죠?"

움찔!

정 대위는 정말로 놀란 모습이었다. 성준은 느낌상 이번에는 정말 위험할 것 같았다. 그래서 할 수 있는 방법을 다 동원할 생각이었다.

"몇 개나 가지고 있어요? 저는 이미 하나 먹었어요."

"네? 먹어요?"

"지금 중간 숫자 몇이에요?"

잠깐 성준을 바라보던 정 대위는 숫자를 이야기했다.

"31입니다."

"그거 먹으면 숫자 값이 올라가요. 꽤 많이 올라갑니다."

성준은 그렇게 말하고 이야기하느라 느려진 발걸음을 빨리했다.

잠시 뒤, 뒤에서 꿍 소리가 들리더니 간만에 정 대위의 환한 목소리가 들렸다.

"정말이군요. 71입니다. 힘이 넘치는데요."

'제길, 1랩은 2랩보다 두 배 상승이군.'

"잘됐네요."

정 대위는 힘찬 걸음으로 앞으로 나섰고 성준은 구슬을 꺼내고 고민에 잠겼다.

—영기 합성 보석 활공 레벨 1.

—레벨 1 영기 성장치 100 진입자를 레벨 2 활공 능력 검투사로 만듦.

—키메라 합성 기법으로 제작: 레벨 2 검투사의 능력 하나와 합성할 수 있음.

—레벨 1 진입자와 레벨 2 검투사의 영기 성장치를 증가시킴.

—적용 방법: 먹기.

"제길 복불복인데… 웬만하면 위험해서 싫었는데. 어쩔 수 없지. 잘되기를 바라는 수밖에."

성준은 구슬을 삼켰다.

구슬은 목을 넘어가 어느 순간에 온몸으로 쑥 흡수되는 느낌이 들었다. 머리가 지끈거리기 시작했다. 잠시 뒤 두통이 가라앉았다. 성준은 몸 상태를 우선 확인했다.

"무엇인가 강해진 것 같지는 않은데……."

그리고 영기분석을 사용해서 손목을 확인했다.

─검투사 정보.
─영기 레벨 2.
─영기 성장치 21.
─영기 121.
─영기분석 레벨 1, 고속 저중력 이동 레벨 1.
─영기화된 미합중국 군용 쇠뇌, 영기화된 발렌 제국 제식
장검.

다행히 비극은 없었다. 성준은 안도의 한숨을 쉬었다. 그
리고 스킬을 시험해 볼 겸 능력을 활성화하고 발을 박차 점프
했다.

쾅!

소리에 놀라 모두 뒤를 돌아보았지만 그 자리에 성준은 없
었다. 사람들이 주위를 둘러보며 성준을 찾자 위에서 소리가
들렸다.

"여기 있어요."

성준이 가로수 위쪽의 가지에 매달려 소리치고 있었다.

"왜 거기로 올라가셨습니까?"

"잠시 주위를 살피려고요."

성준은 정 대위에 물음에 핑계를 댈 수밖에는 없었다. 능력

을 실험하다 떨어져 다칠 뻔했다고 이야기할 수는 없었다.

"이렇게 높이 날아오를 줄은 몰랐네. 이건 완전 무중력에 가깝잖아. 잘못 뛰었다가는 떨어져 죽겠구먼."

성준은 가지를 밟고 땅에 내려왔다. 이상한 눈초리의 사람들을 무시하고 정 대위의 뒤를 따라갔다.

*　　　*　　　*

성준과 호영, 재식, 그리고 정 대위를 비롯한 20여 명의 추가 지원군은 안전지대로 선정한 민간 방송국을 지나갔다.

성준은 방송국 옥상을 잠시 보았지만 군인 몇 명만 보였다.

"여기서부터는 저격팀의 시야 밖입니다. 모두 경계해 주시기 바랍니다."

정 대위가 일행을 지휘했다. 민간인도 섞여 있어 존댓말을 써주는 것 같았다. 일행은 모두 긴장했다. 일행의 맨 앞에는 방탄 방패를 든 호영과 재식이 앞장서고 그 뒤에서 정 대위가 일행을 지휘했다.

부대원들이 자신의 자리에서 움직이고 성준은 맨 뒤에서 따라갔다.

새로 지원한 부대원들은 각각 쇠뇌를 들고 등에는 창과 방탄 방패를 메고 있었다. 군대에서 이번에는 제대로 준비한 것 같았다.

많은 사람이 지나가자 아파트 단지에서 새를 닮은 공룡 몬스터가 나와서 일행에게 접근했다.

"아직 잠시 대기. 지시하면 각자 본인의 전방을 향하여 사격합니다. 그 뒤는 자유 사격."

정 대위의 말에 일행은 사방을 경계하면서 몬스터를 조준했다.

"이 몬스터는 몸을 쏴야 합니다. 얼굴을 쏘면 피해요."

주위를 둘러보고 있던 성준은 일행에게 주의를 주었다.

몬스터들이 슬금슬금 다가와서 점프할 준비를 하기 시작했다.

"사격!"

정 대위가 발사를 지시했다. 몬스터를 향하여 각각 두 발 이상의 화살이 발사되었다.

"케엑!"

일제 발사의 대단함이 증명되었다. 성준의 말을 안 듣고 얼굴에 발사한 두 명이 맡은 몬스터 한 마리만 살아남고 모든 몬스터가 그 자리에서 쓰러져 연기가 되었다. 성준은 살아남아 뛰어드는 몬스터의 몸에 화살을 발사해 몬스터를 쓰러뜨렸다.

"성준 씨와 호영 씨 등은 벌써 몬스터홀에서 2회 이상 살아나온 귀환자다. 모두 그들의 말에 귀를 기울이도록!"

정 대위가 병사들에서 주의를 주었다. 병사들의 시선이 그

전 성준들을 무시하고 외면하는 모습에서 조금은 바뀐 것 같았다.

정 대위가 일행을 둘러보다가 병사들에게 말했다.

"쇠뇌를 든 사람이 너무 많다. 부대원 중 반은 방패와 창을 들도록. 쇠뇌만으론 반격에 너무 취약하다."

다시 일행은 자리에서 대형을 정비했다. 쇠뇌를 지참한 부대원은 안쪽에, 창과 방패를 잡은 병사는 밖으로 빠졌다. 무기를 자유롭게 전환할 수 있는 성준은 맨 뒤에서 전체를 시야에 넣고 움직였다.

두 번의 공격이 더 있고 나서야 공원 옆에 있는 경인로에 도착했다. 일행은 모두 빌딩 벽에 착 달라붙어서 주위를 살폈다.

성준이 저번에 지나갈 때보다 훨씬 많은 사람이 빌딩의 창가에 달라붙어서 일행을 지켜보고 있었다. 몇몇 창문에는 구해달라는 글이 적혀 있기도 했다.

"이제 그 거대 몬스터들을 유인해야 합니다. 한 분이 나서 주셔야 합니다."

정 대위의 눈이 일행을 쭉 지나가더니 성준 앞에서 멈추었다.

"그놈들을 무사히 유인할 수 있는 분은 성준 씨밖에는 없습니다. 몬스터를 길 가운데로 끌어내기만 하면 됩니다."

성준은 사람들을 쭉 둘러봤다. 이중에서 그 거대 몬스터의 공격을 피해 달아날 수 있는 사람은 본인밖에는 없었다.

"이런 제길. 장군이 준비한 것이 실패하면 난 도망갈 겁니다."

성준은 어쩔 수 없이 엄포를 놓고 몸을 풀었다.

12차선의 넓은 도로는 그야말로 난장판인 상태였다. 성준이 몬스터에게서 도망치면서 몬스터가 자동차고 도로고 엉망을 만들어 놓은 상태였다.

성준이 조심스럽게 뒤집어진 차 사이를 지나서 도로 한복판에 섰다. 저 멀리 공원의 나무 사이로 거대 몬스터 한 마리가 보였다.

"이제 어떻게 한다냐……."

성준은 칼을 꺼내 옆에 있는 자동차의 보닛을 두들기기 시작했다.

쾅쾅쾅! 꽈광! 꽈광! 쾅…….

멀리 보이던 고릴라를 닮은 몬스터의 머리가 성준을 바라보았다. 몬스터는 소리를 질렀다.

"쿠와와와왕."

"쿠와와와왕."

그 몬스터의 소리에 호응하는 소리가 들렸다. 그리고 건물 사이에서 몬스터들이 등장했다. 몬스터들은 앞선 경험에 의해 한 손을 얼굴 앞에 놓고 다른 한 손으로는 쇠몽둥이를 들고 뛰어왔다.

"총으로는 안 되던데……."

점점 거리가 가까워지자 성준은 조금씩 걱정되기 시작했다.

"뭔가 빨리 좀 해라."

*　　　*　　　*

"맞아서 산산이 분해된다에 10만 원입니다."

"그럼 난 뚫고 지나간다에 걸지."

"그럼 막거나 튕겨낸다는 없습니까?"

"그렇게 되면 망하는 거니까, 당연히 안 걸지. 부관도 마찬
가지지 않나."

"뭐, 그렇지요."

장군과 부관이 아까 튕겨져 나간 전경버스를 배경으로 이
야기를 나누고 있었다.

"그런데 저 방탄복 입은 사람 민간인 맞죠? 저 사람 용감하
네요. 혼자서 유인하고 있잖아요?"

부관이 망원경으로 성준을 확인하고 놀라워했다

"소말리아 파병 부대 출신이야. 비밀 임무에서 혼자 살아
돌아왔던 병사였지."

"아! 그 잃어버린 영웅 말인가요?"

"그건 또 무슨 말인가?"

"나름 저희들 사이에서 유명했습니다. 그때 지워진 사람이

꽤 많지 않았습니까? 그래서 나름 정보를 얻어서 알고들 있지요. 아, 4마리째 등장입니다. 많이 접근했는데요?"

"그럼 시작해야겠군."

장군이 옆을 바라보면서 한 손을 들어올렸다. 그곳에는 거대한 쇳덩이가 있었다.

4대의 최신 K2전차가 마포대교를 배경으로 몬스터를 조준하고 있었다.

부관이 무전기를 잡고 소리쳤다.

"발사."

쾅! 쾅! 쾅! 쾅!

마하 5의 속도로 날개안정분리철갑탄, 일명 날탄 4발이 몬스터를 향하여 발사되었다.

"죽어라! 대한민국 육군의 최강 펀치다! 먹고 떨어져라!"

장군이 몬스터를 바라보며 소리쳤다.

*　　　　*　　　　*

포탄은 700밀리미터의 관통력을 가지고 몬스터와 격돌했다.

쫘광!

4발의 포탄은 모두 직격했다. 몬스터들은 바닥에 뒹굴고 있는 자동차들을 옆으로 튕겨내면서 뒤로 날아갔다.

"으악! 놀래라."

성준은 몬스터들의 접근에 긴장하고 있던 차에 공기를 가르고 몬스터에 격돌하는 포탄 소리에 정말 깜짝 놀랐다. 그는 뒤를 돌아보았다.

그곳에는 위용도 대단한 전차 4대가 포연을 뿌리며 나란히 서 있었다.

"미친. 서울 한복판에서 전차포를 쏴대다니."

성준은 다시 몬스터를 바라봤다.

"잡은 건가? 제발 움직이지 마라."

몬스터들은 사방으로 처박혀 있었다. 잠시 뒤 몬스터가 한 마리씩 꿈틀거리기 시작했다.

"제길! 안 죽는 건가?"

성준은 영기분석을 쓰러진 몬스터에 사용했다.

―XXX 방어 가디언.

―3등급.

―수림족. 강력한 힘과 방어력. 낮은 지성 보유.

―약점: XXX XXX.

―마스터: XXX.

―대상 마스터의 능력에 의해 정보가 일부분 제한됩니다.

―절대 방어 레벨 2 사용 중입니다.

"능력이냐!"

성준은 바로 감각의 활성화를 걸어 주위를 둘러보았다.

―정 대위와 몬스터홀까지의 거리 350미터.

―몬스터가 쓰러진 위치와 정 대위들이 달릴 경로와 만나지 않음.

―몬스터 움직임 일정 시간 동안 포탄이 방해 가능.

"모두 바로 달려요. 몬스터는 전차가 상대할 거예요."

성준은 정 대위 쪽을 향해 소리 질렀다.

정 대위는 좌우를 살피더니 바로 사람들을 이끌고 달리기 시작했다.

몬스터들은 자동차를 밀쳐 내고 머리를 흔들면서 일어나고 있었다. 정신을 차린 그들은 전차를 향하여 눈을 빛냈다.

쾅! 쾅! 쾅! 쾅!

그때 전차들이 다시 포를 쏘았다. 몬스터들은 주위에 있는 차를 번쩍 들더니 앞을 막았다.

자동차에서 희미한 빛이 났다.

"에? 낮은 지성이라며? 왜 이렇게 똑똑한데."

성준은 예상과 다르게 똑똑한 몬스터들을 보고 짜증을 냈다. 운 나쁘면 일행과 몬스터들이 마주치게 될 것 같았다.

콰광!

몬스터가 들고 있는 자동차에 전차포가 격돌했다.

자동차들이 터져 나갔다. 몬스터들은 바로 망가진 자동차를 던져 버리고 다른 자동차를 양손에 들고 계속 달렸다.

"누구 달리기가 더 빠른가가 문제군. 서둘러요!"

성준은 길 가운데 서서 열심히 달려오고 있는 정 대위들한테 소리쳤다. 머리 위에서는 포탄이 지나다녔고 몬스터들은 달려오고 있었다.

한 마리가 포탄을 맞고 나동그라졌다. 잘못 막은 모양이었다. 하지만 세 마리의 몬스터가 코앞까지 달려왔다. 그때 성준의 머리에 얼마 전 이 자리에서 있었던 일이 생각났다.

"모두 엎드려요! 몬스터들은 우릴 신경 쓰지 않을 거예요."

그렇게 외친 성준은 쓰러진 차 옆으로 엎드렸다. 정 대위도 그 모습을 보고 모두에게 엎드리라 지시했다.

몬스터들은 성준들의 머리 위를 그냥 넘어갔다.

"모두 이때예요. 달려요!"

모두는 다시 일어나 죽을힘을 다해 달리기 시작했다.

몬스터들은 전차 포탄을 상대하면서 계속 앞으로 달려갔다. 전차 포탄이 먼저 떨어지느냐 몬스터의 능력이 먼저 떨어지느냐의 싸움 같았다. 한 마리의 몬스터가 결국 능력이 떨어졌는지 피를 튀기면서 나가떨어졌다.

그리고 포탄이 떨어졌다. 전차 100미터 앞까지 간 몬스터들은 다시 상체의 근육을 가득 부풀리고 몽둥이를 전차에 던졌다.

몽둥이가 전차에 맞더니 전차가 움찔 흔들렸고 몽둥이는 튕겨 나갔다.

"크아아앙!"

그 앞은 경계라서 더 이상 나갈 수 없었던 몬스터들은 억울한듯 고함을 지르고 다시 뒤돌아 걸어갔다.

전차들은 조용히 대기했다.

성준들은 몬스터가 전차를 향해 달려가 준 덕분에 무사히 몬스터홀까지 갈 수 있었다. 몬스터홀의 바닥에는 성준이 처음 보았을 때처럼 검은 문양이 돌고 있었다.

모두는 준비했던 로프를 꺼내 바닥에 묶고 강하를 시작했다. 성준과 호영 등도 강해진 힘을 이용해 무사히 강하했다.

바닥에 도착하니 다시 몬스터홀에서 던전으로 들어갈 때의 느낌이 느껴지는 것 같았다.

문양의 회전이 멈추었다.

"모두 다시 봅시다."

정 대위가 모두를 돌아보면서 말했다. 그리고 문양 위에 서 있던 모든 사람이 사라졌다.

잠깐 어두웠다가 눈을 떠 보니 던전 안이었다.

성준은 주변을 둘러보았다.

두 번이나 보았던 시작 지점의 느낌과 비슷했다. 주변의 벽에 박힌 발광하는 돌, 바닥에 흐리게 빛나는 문양, 그리고 앞에 보이는 통로. 그 통로 너머로 환한 빛이 보이는 것이 그곳이 목적지인 모양이었다.

일행은 모두 자신의 상태를 확인했다.

ㄹ

ㄹ│

│ㄹ│

성준의 숫자는 변화가 없었다. 하지만 여기를 처음 들어오는 군인들은 조금 신기한 듯이 손목을 계속 바라보고 있었고 몇몇은 얼굴이 굳어져 있었다.

"모두 주목. 여기부터가 진짜 던전이다. 앞에 무엇이 나올지 모르니 모두 긴장하도록."

모두 자신의 자리를 찾아서 자리를 잡고 동굴에 진입할 준비를 했다. 이 통로만 지나면 바로 코어일 것이 분명했다.

모두 조심스럽게 통로를 지나갔다. 통로를 지나가는 와중에는 어떤 사고도 일어나지 않았고 어떤 몬스터도 보이지 않왔다. 이번에도 맨 뒤에 선 성준은 계속 주위를 살피면서 따라갔다.

통로는 얼마 안 가 끝이 났다. 모두는 아무 방해도 없이 커다란 광장 안에 들어오게 되었다.

광장은 커다란 체육관만 하고 정육면체 형태를 하고 있었다. 머리 위의 천장에는 빛나는 돌이 수없이 박혀 있어서 대낮같이 환한 상태였다. 그리고 바닥은 대리석처럼 반짝거려서 얼굴이 비칠 정도였다.

앞에는 안에 검은 연기가 맴돌고 있는 거대한 구슬이 제단 위 공중에 떠 있었다. 성준은 바로 영기분석을 사용했다.

―하위 던전 관리용 영기 코어 보석.

―현재 영기 연결진을 이용하여 영기 투영진에 영기를 연결함.

―지구인 진입자로 전환율 92%.

―몬스터 영기 전환: 일반 150, 각성 3.

―연결 종료까지 앞으로 40분.

시간이 얼마 안 남았다.

성준이 바로 쇠뇌를 들고 코어 보석을 향해 발사하려는 순간, 허공에 문양이 그려지고 몬스터들이 쏟아져 나왔다.

"모두 전투 배치! 각기 맡은 몬스터에 자유 사격!"

정 대위는 몬스터가 나타나기 시작하자 바로 명령을 내렸다.

전면에 호영과 재식, 그리고 창과 방패를 든 군인이 자리를 잡고 그 뒤에 임 하사와 쇠뇌를 든 군인들이 자리를 잡았다.

정 대위는 지휘를 위해, 성준은 주위를 살펴 필요할 때 지원하기 위해 쇠뇌를 든 군인과 방패를 든 군인 사이에 자리를 잡았다.

그렇게 자리를 잡고 있는 사이에 몬스터들이 달려들었다.

달려든 몬스터는 사마귀를 닮은 딱딱한 껍질을 가진 몬스터로, 손에 달린 거대한 낫을 휘두르면서 일행에게 달려왔다.

슈슈슈슉!

몬스터가 달려들기 시작하자 쇠뇌를 든 군인들이 일제히 사격을 시작했다. 성준의 것을 포함한 총 11발의 화살이 전면을 향해 발사되었다. 다행히 껍질은 그렇게 강하지 않은 것인지 화살이 모두 껍질을 뚫고 몸에 박혔다.

"이 녀석들은 머리에 화살을 날려야 해!"

호영의 말이 끝나자 머리에 화살이 박히지 않은 몬스터들이 일행에게 들이닥쳤다.

"모두 방패로 막아!"

정 대위가 소리쳤다. 앞에 선 군인들과 호영은 모두 방패를 앞으로 들었다. 호영이 소리쳤다.

"뒷다리에 힘을 꽉 주고 버텨!"

"젠장, 여당 당사라는 데에서도 이놈들 때문에 그렇게 고생했는데."

재식이 투덜거리면서 방패를 앞으로 밀었다. 그리고 몬스터들과 방패를 든 군인들이 충돌했다.

끼기익!

방패를 든 군인들이 안 밀리려고 이를 악물었다. 몬스터들은 한 번 부딪친 후에 살짝 뒤로 물러서더니 낫처럼 생긴 팔을 휘둘렀다.

"장전 끝난 사람은 빨리 쏴!"

슈우욱!

잠깐 멈추었던 화살이 방패 사이를 지나 몬스터에게 박혔다.

끼이긱!

화살이 박힌 몬스터는 바닥을 굴러 다시 연기가 되었다. 그리고 그 자리를 다른 몬스터가 차지했다.

"뒤쪽 몬스터가 옆으로 돕니다. 후퇴해야 돼요!"

쇠뇌를 발사하던 성준이 소리를 쳤다. 본인의 마음이 제일 급하지만 일단 진형이 안정화되어야 했다. 성준은 주위를 둘러보고 소리쳤다.

"우리가 나온 곳으로 후퇴해서 입구를 막고 상대하죠!"

정 대위가 주위를 확인하다 뒤쪽에 있는 동굴을 보고 바로 말했다.

"진형을 유지하면서 좌측 후방으로 이동! 옆 사람과 간격을 맞춰!"

일행은 몬스터를 상대하면서 한 걸음씩 후퇴했다. 그 사이에 몬스터는 점점 늘어났다. 거의 1초에 두세 마리씩 몬스터가 문양에서 쏟아지는 것 같았다.

성준은 쇠뇌로 앞쪽 몬스터의 머리를 맞추고 몬스터가 나오는 문양에 능력을 사용했다.

―코어 방어용 영기 몬스터 전환진.
―영기가 모두 소멸될 때까지 계속 생성.
―남은 영기: 일반 125, 각성 3.
―약점: 코어 보석에 연동되어 있음.

'아, 우리가 밖에서 잡은 몬스터만큼 계속 생성되나 보다. 중국은 어떻게 잡았지?'

성준은 우선 자리를 잡고 움직여야겠다고 생각했다.

일행은 결국 무사히 동굴 입구에서 약간 안쪽에 자리를 잡을 수 있었다.

그런데 얼마 지나지 않아 문제가 발생했다. 군인들의 체력이 벌써 방전되기 시작한 것이다. 쇠뇌의 장전 시간이 벌써 두 배가 걸리기 시작했고 몇몇 사람은 아예 바닥에 누워 발을 사용해 당기고 있었다. 방패를 든 팔도 조금씩 떨리는 모양이었다.

"벌써 힘이 빠지면 어떻게 하나! 악으로 버텨!"

성준은 코어 보석에 능력을 사용해 남은 시간을 확인했다.

'남은 시간은 10분.'

시간이 부족한 것도 큰 문제지만 신체 능력이 강화된 귀환자를 제외하면 다른 사람의 체력도 문제였다. 호영과 재식이 어떻게 두 사람 몫을 하고 있지만 이대로는 진형이 무너지는 건 시간 문제였다.

"우리 두 사람이 상황을 만드는 것이 좋겠습니다. 이대로는 시간이 부족합니다."

정 대위의 말에 성준도 동의했다. 잠시 동안 틈을 찾던 정 대위가 소리쳤다.

"그럼, 지금!"

정 대위는 호영이 몬스터를 밀치는 틈을 타서 그 밑으로 굴러갔다. 그리고 창을 사방으로 휘둘러 전방에 있는 몬스터들을 후려쳤다.

휘청이는 몬스터 사이로 겨우 빠져나온 정 대위가 다시 자세를 잡았다. 그때, 머리 위를 누군가 휙 지나가더니 저 앞에 굴러 떨어졌다.

"윽! 이젠 착륙까지 연습해야 하나."

능력을 사용해서 여기까지 날아온 성준이었다. 정 대위는 무척 놀랐지만 우선 당면한 문제를 처리해야 했다.

벌써 사마귀 같은 놈을 그렇게나 죽였는데도 20여 마리나 남아 있었고 지금은 새 같은 공룡이 계속해서 떨어지고 있었다.

"지금 나오는 놈들은 제가 상대하겠습니다. 성준 씨는 빨리 코어를!"

"알겠습니다. 그 새 공룡은 몸을 공격해야 해요."

성준은 정 대위의 제안에 다가오는 몬스터들을 피해 코어 보석으로 달려가기 시작했다.

능력으로 코어 보석을 확인하니 이제 시간은 5분도 채 남지 않았다.

성준은 코어 보석이 떠 있는 제단으로 뛰어가면서 쇠뇌를 소환했다. 그리고 장전되어 있는 화살을 코어 보석에 발사해 보았다.

탱!

"그럴 것 같았다."

쇠뇌에서 발사한 화살은 코어 보석에 맞고 그대로 튕겨져 나갔다. 성준은 쇠뇌를 검으로 바꾸어 들었다.

그때였다. 아까보다 작은 세 개의 문양이 코어 보석을 중심으로 삼각형을 이루며 공중에 생성되었다. 그리고 그 문양에서 각각 한 마리씩 몬스터가 떨어져 내렸다.

날개 달린 새 공룡 몬스터와 거대한 투명 날개를 가진 거미 몬스터, 그리고 팔을 네 개 가진 큰 사마귀 몬스터가 자리를 잡고 성준을 바라보았다.

　엘리트 몬스터의 등장이었다. 성준은 시간이 얼마 남지 않은 와중에 등장한 몬스터를 보며 심각한 표정을 지었다. 그는 영기분석을 사용해 몬스터를 확인했다.

　―제2식 조합 키메라 각성 마이너 버전.

　―1등급.

　―조류와 파충류를 합성.

　―특이 능력 활공 제거.

　―강점: 반사 신경이 좋다.

　―약점: 영기보석이 빠져 능력을 사용할 수 없다.

　―제4식 조합 키메라 각성 마이너 버전.

　―1등급.

　―날개 달린 곤충류와 거미 계열을 합성.

　―특이 능력 마비침 제거.

　―강점: 일반 실 발사.

　―약점: 영기보석이 빠져 능력을 사용할 수 없다.

　―제5식 조합 키메라 각성 마이너 버전.

―1등급.

　　―날카로운 무기를 가진 곤충류와 독을 사용하는 동물 합성.

　　―특이 능력 독 무기 제거.

　　―강점: 날카롭고 무거운 4개의 무기.

　　―약점: 영기보석이 빠져 능력을 사용할 수 없다.

　　"우하하하! 이 녀석들, 알맹이가 다 빠진 놈들이잖아? 다 죽었어!"

　　성준은 감각을 활성화시키고 몬스터들에게 달려들었다.

　　성준과 처음으로 부딪친 것은 새 공룡 몬스터였다. 몬스터는 날카로운 부리로 성준을 찍었다.

　　"그 패턴은 이미 써먹었어!"

　　성준은 오히려 부리 아래로 피해 새 공룡 몬스터의 바로 앞에 무릎을 꿇고 앉았다. 그리고 바로 몬스터의 몸에 칼을 꽂고 능력을 사용해서 투명 날개 거미 몬스터를 향해 점프했다.

　　"크아악."

　　칼에 꽂혀서 날아가는 몬스터는 발버둥을 쳤지만 능력을 사용 못 하는 지금은 어쩔 수 없었다.

　　거미 몬스터는 밑에서 날아오는 몬스터와 성준에게 실을 쏘았다. 실은 날아오는 몬스터와 성준에게 휘감겼지만 이미 속도가 붙어버린 성준과 칼에 찔린 몬스터는 날고 있던 거미 몬스터와 공중에서 충돌해 땅에 떨어졌다.

쾅!

칼에 꽂힌 채 등부터 땅에 떨어지고 성준의 몸에까지 깔린 몬스터는 정신을 못 차렸다. 성준은 칼을 뽑아 그대로 몬스터의 목을 날려 버렸다.

"이번에 내가 위쪽이다, 이 자식아."

이때, 땅에 떨어진 충격을 회복한 거미 몬스터가 몸을 일으켰다. 그를 경계하는 거미 몬스터를 바라보면서 성준은 뒤를 향해 소리를 질렀다.

"호영 씨! 방패 하나만 던져 줘요!"

"엠병. 여기도 힘들어 죽겠는데."

방패 하나가 빙글빙글 날아서 성준의 등 뒤에 떨어졌다. 성준은 얼른 방패를 들고 거미 몬스터 앞에 자세를 잡았다.

성준은 바로 몬스터에게 달려들었다. 몬스터는 성준에게 실을 쏘았지만 성준은 방패로 막으며 그대로 달려들어 투명한 날개를 잘라 버렸다.

"카악!"

눈앞에서 침을 쏴대는 몬스터의 모든 공격을 감각의 활성화로 막고 턱에 칼을 꽂아 버렸다.

머리까지 관통당한 몬스터는 그 자리에 쓰러졌다.

성준은 숨을 가다듬고 코어 보석을 바라보았다. 시간은 1분도 안 남아 있었고 그 앞에는 사마귀처럼 생긴 몬스터가 서서 성준을 바라보고 있었다.

성준이 몰아쉬던 숨을 정리하고 자세를 잡았다. 몬스터가 낫처럼 생긴 양쪽 앞발을 서로 탕탕 부딪치더니 성준에게 다가갔다.

"기사도인가? 멋진 놈이군. 하지만 널 상대할 시간이 없어."

성준은 몬스터에게 달려들었다. 몬스터는 왼쪽 두 개의 낫을 휘둘렀고 그는 달리던 속도 그대로 몬스터의 다리 사이를 미끄러져 통과했다. 그리고 몸을 튕기며 일어나 코어 보석을 향해 검을 앞으로 세우고 날아갔다.

"크아악!"

뒤에서 성난 몬스터의 소리가 들렸지만 관심 밖이었다. 그렇게 성준은 제단 위를 날아가 코어 보석에 칼을 꽂아 버렸다.

잠시 아무 일도 일어나지 않았다.

그러다 칼 전체가 검은 연기에 물들더니 코어 보석이 스르륵 칼에서 뽑혀져 나갔다. 그리고 코어 보석이 위로 떠올라 여러 문양을 만들기 시작했다.

성준이 코어 보석에 영기분석을 사용했다.

―하위 던전 관리용 영기 코어 보석.

—강제 초기화 작업을 준비하고 있습니다.

—영기 투영진을 회수합니다.

—영기 연결진을 진입자 소환진으로 변경합니다.

—지구인에게 투여되던 모든 영기를 회수합니다.

—모든 몬스터 영기화합니다.

—던전 초기화까지 앞으로 10분.

몬스터가 하나둘씩 연기로 변해 사라져 갔다. 성준은 감각의 활성화를 가동해 주위를 미친 듯이 둘러보았다. 이대로 던전이 초기화되면 무슨 일이 일어날지 알 수가 없었다. 이미 한 번 당해본 성준은 귀환석이 있을 만한 곳을 열심히 찾았다.

"저기다!"

성준은 들어온 반대편에 동굴 하나를 더 발견했다.

"정 대위님! 지금 분위기가 제가 던전 초기화당했을 때하고 비슷해요. 빨리 귀환석으로 가야 해요!"

성준은 어차피 보람하고 둘밖에 모르는 일이니 우겨댔다.

그 말을 들은 정 대위는 살아남은 일행을 챙겨서 재빨리 움직이기 시작했다. 마지막 순간에 진형이 무너져서 죽은 사람이 생긴 모양이었다. 그래도 귀환자들은 모두 살아남아 부상당한 사람을 부축하고 귀환석을 향하여 달렸다.

성준이 앞장서서 달리면서 주위를 살폈지만 움직이는 것은 아무것도 없었다. 다행히 동굴은 매우 짧았다. 중앙에 귀환석이 보이자 성준은 바로 달려들어 손 문양에 손을 붙였다.

그리고 사람들이 자리를 잡을 동안 귀환석의 글을 읽었다.

귀환 지점이에요. 고생했어요.

함정 없음. 쉴 것.

위에서 잡았던 놈들 나옴. 계속 쏟아져 나와 시간 오버. 걱정됨.

나도 오버. 위에 놈들 다 잡고 들어와서 그랬음. 별일 없겠지?

난 위에 놈들 다 잡고 들어와서 클리어. 시간이 빠빠함.

마지막 놈은 우주괴수인 모양이었다. 어쨌거나 안전하다는 말에 모두 안도의 한숨을 내쉬고 기다렸다. 잠시 뒤 한 명씩 사라지기 시작했다.

성준은 아까 보석을 찔를 때부터 검은 안개가 흐르기 시작하는 칼을 보고 능력을 사용하려고 했지만 그전에 시간이 되어버렸다.

던전 전체에서 엄청난 소리가 나기 시작했다. 코어 던전 주위에 구멍이 마구 파이더니 동굴과 광장이 생성되고 몬스터들이 검은 연기에서부터 나타났다.

[던전이 초기화되었습니다.]

　무기질적인 안내음이 던전 전체에 울려 퍼졌다. 던전은 다음 진입자가 들어 올 때까지 잠들었다.

제2장
대응

MONSTER HOLE

성준은 병원 휴게실에 앉아 멍하니 앉아 TV를 보고 있었다. 던전에서 나온 다음에 거의 12시간 이상을 자고 오후 내내 이렇게 멍하니 앉아 있었다.

교복을 입고 방송국 옥상 난간에 서서 화살을 날리는 여고생들이 화면에 나왔다. 헬리콥터로 경계 밖에서 찍고 있었나 보다.

"새로운 아이돌의 등장인가?"

"깍~ 설마요."

옆에 앉아 있던 여고생 3인방은 성준의 말에 작게 소리를 질렀다. 아직 어린 아이들이었다.

TV에서는 어제 일어난 사건으로 생긴 피해와 대책 등이 24시간 내내 방송되고 있었다.

이제 모든 사람이 몬스터홀에 대해 실감하기 시작했다. 그 전에는 운 나쁜 사람의 이야기였지만 지금은 바로 내가 될 수도 있기 때문이었다.

엉망이 된 서울은 여의도가 정상으로 돌아오자 조금씩 정상적으로 돌아가기 시작했다. 다만 던전이 되었던 지역의 사람들은 경계 밖으로 빠져나왔다. 모두 겁나서 있을 수가 없다는 이야기였다. 그곳에 있는 모든 회사는 휴무 상태였고 덕분에 이곳저곳에서 문제가 발생했다. 특히 지연이네 방송국은 모든 채널을 지방방송으로 대체해서 서울 전역에 방송하고 있었다.

"아~ 난 너희들한테 완전 묻혔어."

옆에서 하은이 여고생들한테 투덜거렸다.

"그래도 언니는 인터넷에서 유명해요. 짤도 많이 돌아다니고요. 난간 위의 가슴 여신으로……."

난간 위에 가슴을 걸치고 성준에게 손을 흔든 것이 여학생들 사진과 같이 올라왔는데, 반전 매력으로 인터넷에서 일부 매니아 사이에 대호평 중이었다. 덕분에 하은은 더욱 좌절 중이었다.

하은은 여학생들과 툭탁거렸다. 나름 스트레스 해소 방법이었다. 그 동안 너무 많은 일이 일어나서 다들 진이 빠진 상황이었다. 특히 어제 같은 경우는 좀 쉬어볼까 하는데 생긴 대사건으로 모두 정신이 없었다.

"이제 몬스터홀 전으로 돌아가긴 힘들겠죠?"

"지금부터는 다른 세상이 될 거야. 정신 바짝 차려야 할 거야."

성준은 하은을 보고 이야기했다.

31개의 몬스터홀에서 발생한 외부 던전화 사태로 전 세계적으로 일반인 사망자 이만 명 이상, 군인 사망자는 만 명 이상이 발생했다. 특히 중국에서 몬스터를 잡기 위해 군인들을 총검만 쥐어주고 밀어 넣어서 5천 명 이상의 사망자가 발생하고 부상자도 부지기수로 발생했다.

"그런데 우리들처럼 변해 버린 사람들은 어떻게 한대요? 그 사람들도 시간제한이 생겼을 텐데요. 던전에 들어가서 버틸 수 있을지……."

"글쎄다. 쉽지 않을 것 같은데. 던전도 수십 명 이상은 같이 들어갈 수 없는 것 같고… 잘 모르겠다."

한국에서 막아내기 전, 먼저 성공한 중국 베이징 몬스터홀의 귀환자는 국민 영웅이 되었다. 진입한 모든 귀환자와 중국 특수부대원 중 그만이 살아남았다. 그 뒤를 이어 한국이 성공했고 시간이 지났을 때 생기는 문제를 알게 된 모든 나라에서 필사적으로 달려들었다.

그 결과 31개의 몬스터홀 중 13개를 막아냈고 18개는 시간이 지났다. 그래서 약 40만 명의 손목에 숫자가 생겼다. 인터 넷에서는 이들을 귀환자와 구별하기 위해 숫자가 생긴 사람, 넘버 피플로 부르고 있었다.

"그래도 다행이에요. 우리나라는 막아내서요. 호영 씨 말 로는 오빠가 끝장냈다면서요?"

하은의 눈이 성준을 보면서 별처럼 반짝거렸다. 성준은 하 은의 눈을 피해 주위를 둘러보았다. 휴게실에는 성준과 하은, 여학생들, 그리고 반대편에 호영들이 있었다. 호영들도 한참 늘어져서 잡담을 하고 있었다.

"다들 같이했지. 다른 사람들은 어디 갔지?"

정부는 밖의 사정이 안정될 때까지 다시 귀환자의 외출을 금지시켰다.

"뭐, 다들 쉬고 있어요. 기진맥진이거든요. 저희들처럼 숫 자가 높지 않으면 귀환자라도 일반인이죠, 뭐."

지금 전 세계는 어제 생긴 사건으로 인해 고통 받는 사람이 있는가 하면, 반대로 상종가를 치고 있는 사람도 있었다.

바로 던전을 무사히 다녀온 사람들. 귀환자들이었다.

중국의 귀환자뿐 아니라 한국과 다른 나라에서도 최종적 으로 사태를 해결한 게 귀환자였기 때문에 영웅화된 것이 다.

게다가 지금 숫자가 새겨진 40만 명을 도와서 제대로 된 귀 환자로 만들어 줄 수 있는 사람은 그들 귀환자밖에는 없었다.

현재 한국에서도 정 대위가 인터뷰까지 하며 한참 인기몰이 중이었다. 국민을 안심시킨다는 이유였다. 방송에 잡히지 않은 다른 사람은 프라이버시를 위해 비밀로 했다. 성준은 소말리아 건을 해결하기 전에는 노출하고 싶은 마음이 없었다.

이렇게 쉬고 있는데 조 단장의 면담 요청이 왔다. 성준은 하은 등에게 손을 흔들어 주고 면담실로 향했다.

조 단장은 다크 서클이 발끝까지 내려온 상태로 성준 앞에 나타났다.

"한숨도 못 잔 것처럼 보이네요."

"예. 원래 이런 일은 뒤처리가 더 힘든 법이지요."

"이제 어느 정도 정리된 건가요?"

"아뇨. 한참 정리 중이죠. 그런데 다른 일 때문에 정신이 없습니다."

"다른 일이라뇨?"

"몬스터홀 예방 접종 때문이죠."

"네?"

"우선 몬스터홀은 최초 생성될 때 진입자가 생기고 그 뒤로는 귀환자가 포함된 인원에만 반응합니다. 그런데 여기에 문제가 있습니다."

조 단장의 말에 성준은 귀찮은 일에 휘말릴 것 같다는 느낌이 들었다.

"지금 몬스터홀 방어에 실패해 수백, 수천 명의 넘버 피플이 생긴 나라는 어쨌거나 인력에 여유가 있어서 괜찮습니다. 그러나 우리나라 같이 방어에 성공한 나라가 문제입니다. 몬스터홀이 던전화하기 전에 미리 진입해서 막아야 합니다."

성준은 그제야 예방이 무슨 뜻인지 알아차렸다.

"우리나라는 이번에 살아 돌아온 부대원 몇 명에 정 대위님, 그리고 성준 씨 일행과 여고생 3명이 전부입니다. 당장 내일부터 막아야 할 던전이 5개입니다. 더군다나 2차로 진입한 귀환자 팀이 인천 몬스터홀에서 아직도 못 나오고 있는 것을 봐서는 곧 6개가 될 확률이 높습니다."

"이번 여의도에서처럼 정 대위님이 지원자를 데리고 들어가면 되지 않을까요?"

"저희도 기대하고 있기는 한데 너무 사망 확률이 높습니다. 지금까지 3개의 던전에 70명 정도 투입되었는데 현재 살아나온 부대원은 열 명 정도밖에는 안 됩니다. 그것도 정 대위와 임 하사를 제외하면 마지막 여의도에서 살아나온 8명이 다입니다. 이 정도면 작전 수행 못 하죠. 벌써 지원자 구하기가 힘듭니다."

"그렇게 이야기해 봐야 저는 민간인입니다. 우선 주실 것부터 주시죠."

조 단장은 고개를 절레절레 흔들더니 성준에게 서류를 내밀었다.

"소말리아 작전 당시, 작전 책임자와 그 상위 라인 인물입니다. 지금도 정재계에서 상당한 힘을 가지고 있죠. 뭐, 사실대로 밝히자면 저희도 아예 연관이 없다고는 못하겠군요. 그런데 정권이 바뀌어서 그쪽 라인과 갈라서게 되었죠. 우리 같은 직장인들은 새로운 정권이 들어서면 새로운 상사의 말을 따라야지요."

성준은 서류를 받아 챙겼다.

"그리고 은행 건도 마무리가 되었습니다. 이제 성준 씨 가족의 빚은 없는 것입니다."

성준은 담담한 표정을 하려고 노력했다.

"그럼 계약은 완결되었군요. 어제 주신다는 수당이나 빨리 은행에 넣어 주시죠."

"그렇게 큰 돈을 해결한 사람이… 실제 서류도 올리고 해야 해서 한 달은 걸릴 모양입니다."

"그럼 모두 끝난 거지요? 아직 피곤해서 좀 더 쉬어야겠습니다."

자리를 일어서려는 성준을 향해 조 단장이 마지막으로 이야기했다.

"내일 정 대위가 새로운 지원자들과 함께 몬스터홀로 들어갑니다. 그들이 무사히 나올 수 있도록 기도해 주십시오."

'무사하지 못하면 나 때문이란 것 같네.'

성준은 병실로 돌아가는 길에 조 단장의 마지막 말에 찜찜한 기분을 느껴 속으로 투덜거렸다.

"예스!"

성준은 병실에서 두 주먹을 움켜쥐고 환호했다. 드디어 집안의 빚을 모두 갚은 것이었다. 이제야 가족에 대한 미안함이 조금이나마 사라지는 것 같았다.

이제부터 가족과 행복하게 살고 적에게 자신들의 죄를 알려주는 일만이 남았다.

"그러기 위해서 할 일을 해야지."

성준은 병실의 화장실에 들어가서 감각을 활성화시켜 주위를 살펴보았다. 화장실 안에는 감시 카메라 없이 깨끗했다.

어제는 혼자 있을 시간이 없어 확인할 방법이 없었고 잠을 깬 후에도 멍하니 정신이 나가 있던 상태였다. 하지만 조 단장과 이야기하면서 정신이 번쩍 들었다.

성준은 검을 만들어냈다. 손잡이 쪽에 글자가 적혀져 있는 1.2미터 남짓한 검이었다. 인터넷 어디를 둘러봐도 비슷한 형태는 있어도 같은 형태의 검은 없는 것을 봐서는 여기 물건이 아닐지도 몰랐다.

던전 안에서는 검은 영기를 흘리던 검이었지만 지금은 아무런 변화도 없는 상태였다.

성준은 영기분석을 사용했다.

―발렌 제국 제식 장검―각성.

―영기 레벨 1.

―영기 성장치 0.

―영기 99.

―코어 보석에 의해 각성된 검. 영기를 사용하여 강한 공격 가능.

성준은 내용을 보고 어이가 없었다. 이젠 칼도 각성하는 시대가 온 것이다.

"그런데 영기가 줄어 있네? 그럼 내 영기는 어떻게 된 거지?"

성준은 현재 자신을 영기를 확인했다.

2

55

153

마지막 던전에서의 싸움으로 많이 올라간 상황이었다. 그 상태에서 칼을 없앴다가 다시 생성했다. 자신의 영기를 보니 153 그대로였다. 성준의 영기 대신에 검 자신의 영기를 사용한 것이다.

"설마 검 자체 성장치가 100이 되면 구슬 먹는 거 아냐? 그리고 검의 성장치는 어떻게 늘어나는 거지?"

성준은 답이 나오지 않자 포기하고 다른 것에 신경을 썼다.

"영기를 사용하여 강한 공격이라… 어떻게 사용해야 하는 걸까?"

성준은 검을 잡고 이리저리 힘을 주었다. 그러다가 어느 순간 검과 자신이 연결되는 것 같은 느낌이 들면서 검에 있는 영기를 쓸 수가 있었다.

"아하! 이렇게 기운을 움직이면 되네."

성준은 검의 영기를 움직여 보았다. 검에서 검은 영기가 슬쩍 흘러나오더니 검날에 모여들었다. 그리고 영기는 날 위에 코팅을 씌운 것처럼 정착되었다.

성준은 검을 눈앞으로 들어올렸다. 검은빛이 흐르는 날은 어둡지만 신비로운 분위기를 풍기고 있었다.

성준은 실험해 볼 만한 것을 찾아 주위를 둘러보았다. 볼일을 보고 일어날 때 잡고 일어나는 지지대가 벽에 붙어 있었다. 성준은 다른 것이 안 잘리도록 조심해서 봉에 대고 힘을 주었다.

쓰윽. 봉이 잘려 나가다 멈추었다. 영기분석을 사용하지 않고도 영기가 다 사라졌다는 것을 느낌으로 알 수가 있었다.

"이것도 방법을 찾아서 엄청 성장치를 올리지 않으면 빛 좋은 개살구가 되겠네."

영기가 완전히 떨어지자 칼은 손에서 사라졌다.

"어라? 이것도 더 나빠진 것 아냐? 밖에서 다시 꺼낼 수가 없네?"

성준은 인상을 팍 쓰고는 손을 바라봤다. 뭐든지 쉽게 주는 법이 없었다.

다음 날, 정 대위는 지원자 30명과 함께 강릉에 내려와 있었다. 오늘 오후 발생할 몬스터홀의 외부 던전화를 막기 위해 이렇게 내려와 있는 것이었다.

정부는 군인 귀환자를 나누어 지원 병력과 함께 각각의 몬스터홀을 통과하려고 생각하고 있었다. 몬스터홀을 통과할수록 귀환자의 수가 늘어난다면 정부에서 통솔할 수 있는 귀환자 부대가 만들어질 것이라고 생각했다. 그 처음이 이곳 강릉이었다.

주위는 무척이나 황량했다. 현재 전 세계에서 발생한 몬스터홀의 주위는 슬럼화가 되어가고 있었다. 사람들이 겁이 나서 다른 곳으로 퇴거하고 있기 때문이었다.

"이렇게 지원해 준 여러분에게 감사한다. 이곳을 우리가 미리 들어가지 않으면 오늘 오후 이 지역은 던전화가 된다. 모두가 최선을 다해서 아무도 죽지 않고 무사히 복귀하도록 하자. 이상."

정 대위가 말이 끝나고 병력은 장비를 확인했다. 모두 방검복에 방탄 방패, 그리고 창과 쇠뇌를 들고 있었다. 모두 이상

없음을 확인 후 정 대위는 일행과 하강을 시작했다. 이미 사람들은 일정 지역 밖으로 물러나 있어서 그들을 지켜보는 이는 아무도 없었다.

모든 인원이 바닥에 도착하자 빛이 솟구쳤고 정 대위 일행은 사라졌다.

그리고 다음 날.

관계자 모두가 긴장하며 기다리고 있는 가운데, 빛이 나면서 사람들이 나타나기 시작했다.

"성공이다!"

긴장하면서 기다리던 사람들은 환호성을 질렀다.

그런데 한두 명을 끝으로 더 이상 나타나는 사람은 없었다.

놀라서 내려온 사람들의 눈에 상처를 입어 피를 철철 흘리고 있는 정 대위와 팔에 부목을 대고 있는 군인 한 명만이 보였다.

정 대위는 정신이 없는 상황인지 앞에 누가 있는지도 확인하지 않고 말했다.

"강한 귀환자가 가야 합니다. 성준 씨가 필요합니다!"

정 대위는 그 자리에서 기절했다.

*　　　*　　　*

기절한 정 대위는 바로 병원으로 후송되었고 던전 안에서의 이야기는 팔이 부러진 병사에게서 들을 수 있었다.

처음에 진입한 후 일반 몬스터와의 싸움은 정 대위의 지휘 하에 큰 위험 없이 무사히 넘길 수 있었다. 그렇게 군인들이 조금씩 긴장이 풀어지고 있을 때였다.

처음으로 엘리트 몬스터가 등장했다. 진입하기 전에 계획했던 것처럼 정 대위가 나서고 다른 인원이 지원하는 식으로 진행을 했다. 하지만 이곳은 게임이 아니었다.

몬스터는 바로 군인들 사이로 난입했고 몬스터의 힘을 상대할 수 없는 군인들은 금방 몬스터에게 쓸려 나갈 수밖에 없었다. 결국 대위가 막아서고 부상당한 군인들이 몸을 던져서 그 다음 동굴로 넘어갈 수 있었다.

다행히 대위는 무사히 돌아왔으나 다른 병사들은 엘리트 몬스터의 식사가 되었다. 그 틈에 모두는 동굴로 피했다. 반 이하로 줄어든 군인들은 다음 동굴에서 일반 몬스터에게 당해 2명이 더 줄었고 두 번째 엘리트 몬스터를 만났을 때는 모든 인원이 힘을 모아 엘리트 몬스터를 쓰러뜨리는 데 성공했다.

그러나 상처뿐인 성공이었다. 결국 남은 인원은 7명이었고 부상자도 있었다. 정 대위는 허리에 상처를 입어 피를 흘리고 있었다.

그들은 최대한 빨리 귀환석으로 이동했다. 팔이 부러진 병사 하나가 손 문양에 손을 올리고 있었고 허리를 다친 정 대위가 그 병사를 호위했다. 그리고 나머지 병사가 쏟아져 나오는 몬스터를 상대했다.

그 싸움에서 정 대위와 손을 올리고 있던 병사만이 살아남은 것이었다.

정 대위의 부상과 기절하기 전의 마지막 이야기, 그리고 병사의 증언 모두 바로 정부에 전달되었다.

정부는 계획을 수정했다.

남아 있는 귀환병사를 5명씩 나누어 5월 1일에 있을 부산 몬스터홀 방어와 5월 2일에 있을 광주 몬스터홀 방어에 투입하기로 했다.

그리고 몇 가지 사항을 조 단장에게 지시했다.

*   *   *

성준은 의외로 한가한 날들을 보내고 있었다. 여의도에서 고생한 다음 날은 거의 잠과 휴식으로 하루를 다 보내고 그 다음 날은 외출 허가를 받을 수 있었다.

그날은 정 대위가 강릉의 몬스터홀에 들어가는 날이었으나 성준은 그 생각을 머리에서 떨쳐 버렸다. 밖의 분위기는 많이 어수선했다. 며칠 전에 외출했을 때와는 많이 달랐다. 사람들도 어딘가 모르게 긴장하는 듯한 모습이었고 도로는 이틀 전의 잔재가 이곳저곳에 남아 있었다.

성준은 집에 도착했다. 집 앞에 도착해서 벨을 누르자 여동생이 문을 열어주었다.

"어? 회사는?"

"어서 들어와. 서울 보도국은 전부 휴가야."

지연의 말에 의하면 그 당시 서울 본관에 있던 사람 중 반 이상이 죽었던 모양이었다. 특히 보도국의 피해가 컸다.

"나도 장례식장에 있다가 잠깐 들어온 거야."

다들 죽은 사람이 많아 슬프고 혼란스러운 상태였다. 더군다나 이 일로 끝나는 것이 아니라 진행 중인 일이라 사람들은 모두 공중에 붕 뜬 느낌이라고 했다.

"밥은?"

"아침 먹고 왔어. 집에서 쉬다가 저녁에 들어가야지. 지금은 어디 다니지도 못하겠더라."

"그래. 병원에서 지내는 건 좀 그렇지? 멀쩡한 사람이."

"부모님은 어디 가셨어?"

"아빠는 일. 엄마는 시장 가셨어. 다들 사재기하느라 물가가 장난이 아냐."

"그래. 나 좀 쉰다."

"응. 엄마 오면 부를게."

성준은 방에 들어가면서 말했다.

"은행 빚 다 갚았다."

"오빠!"

방 안으로 뛰어 들어온 지연에게 잡혀서 성준은 다시 사연을 늘어놓을 수밖에 없었다.

"이궁. 이게 다 목숨값이네."

"위험수당."

"그게 그거지 뭐."

"나 안 죽었다."

그 뒤에 어머니와 아버지가 들어올 때마다 똑같은 설명을 하게 된 성준은 속으로 한숨을 내쉬었다.

저녁 식사 전, 식구가 모이자 아버지가 성준에게 물어보았다.

"앞으로는 어떻게 할 거냐."

"어차피 몬스터홀에는 4, 5일에 한 번은 들어가야 해요. 보통의 일을 할 수가 없죠. 아마 정부 쪽하고 협상이 있을 거예요."

"난 정부가 별로 신뢰가 안 간다."

"저도 그래요. 뭐, 협상이 정 안되면 비자 받아서 해외에서 일하면 돼요. 어차피 몇몇 나라는 넘버 피플 때문에 귀환자 몸값이 하늘을 찌르고 있대요."

"그래도 자기 나라에서 있어야지."

"최대한 협상 잘해 볼게요. 우선 최대한 기다리면서 상황을 보려고요."

"그래라. 네가 잘하겠지."

아버지는 성준을 믿는다며 고개를 끄덕였다.

"난 걱정이 돼서 죽겠다. 거기 들어가서 살아나온 사람이 거의 없다는데 이놈의 정부는 방법도 못 찾고 뭘 하는지 모르겠다."

"걱정 마세요. 벌써 3번이나 살아 나왔어요. 이제는 뒷산 다니는 것만큼 쉬워요."

"맞아요. 오빠가 저 구해주었을 때, 정말 대단하던데요? 오빠가 사람들 엄청 많이 구해냈어요."

"그래요. 걱정하지 마세요."

성준은 지연과 슬쩍 눈을 마주쳤다.

'잘했다.'

'당연하지.'

성준이 복귀하고 다음 날, 정 대위의 부상 소식이 전해졌다. 다들 엄청 놀라고 걱정했다. 정 대위의 부상 걱정보다 자신들이 몬스터홀에 들어갈 때 지켜줄 수 있는 사람이 없다는 게 더욱 걱정인 모양이었다.

오전에 성준에게 조 단장이 면담을 요청했다. 성준이 찾아가자 조 단장과 함께 멋진 중년 남자가 앉아 있었다.

"이분은 몬스터홀 외부 던전화 방어를 담당하고 있는 양희문 국장이십니다."

"안녕하십니까?"

"네, 반갑습니다."

성준은 어리둥절하면서 인사를 나누었다.

"집에는 잘 다녀오셨나요?"

"잘 쉬다가 왔습니다. 그런데 언제쯤 억류가 풀릴지 모르겠네요."

"억류가 아닙니다. 보호입니다. 아무튼 곧 소식이 있을 겁니다."

"알겠습니다. 그런데 무슨 일이시죠?"

조 단장은 잠시 헛기침을 하고 말했다.

"성준 씨는 다른 사람보다 하루나 이틀 정도 시간이 더 있는 것으로 알고 있는데 맞습니까?"

"네. 일행 중에도 몇 사람 있을 걸요?"

"성준 씨와 호영 씨, 재식 씨에게 정식으로 요청이 있습니다."

"요청이요?"

성준은 드디어 협상이 시작된 것을 알 수 있었다. 조 단장은 이야기를 양 국장에게 넘겼다.

"이번에 귀환자 중 호영 씨와 재식 씨, 성준 씨에게 정식으로 하는 요청입니다. 호영 씨와 재식 씨는 내일 있을 부산 몬스터홀 방어에, 성준 씨는 모레 있을 광주 몬스터홀 방어에 적극 참여해 주시기를 요청합니다. 그리고 추후의 몬스터홀 방어에도 적극 지원해 주었으면 합니다."

"호영 씨와 재식 씨는 따로 이야기를 마쳤습니다."

조 단장의 사족이었다.

시작이었다. 성준은 의자에 등을 기대고 앉아 감각을 활성화시키고 양 국장을 바라보았다.

—곧은 자세.
—사람의 눈과 눈을 바로 바라봄.
—여유가 없는 강직한 모습.

'밀고 당기기 없이 바로 승부다.'

성준은 자세를 바로 하고 양 국장의 눈을 바라보고 말했다.

"대가는 무엇입니까? 저에 대해서 따로 이야기를 들었을 것으로 생각됩니다."

"네. 성준 씨에 대해서는 자료를 받았습니다. 정부를 대신해서 사죄하겠습니다."

"당사자가 아닌 사죄는 의미가 없지만 받아들이겠습니다."

"그럼 본론으로 돌아가서 정부에서는 던전에 입장할 때마다 300만 원을 지급하겠습니다. 그리고 던전에서 필요한 물품 전부를 지원하고 문제시 보상금도 지급하겠습니다."

"평균 5, 6일마다 입장에 300이면 월 1,500만 원이군요."

"네. 바로 억대 연봉입니다."

"혹시 세금 포함입니까?"

"네."

"그럼 월 1,000만 원 정도겠군요."

양 국장은 바로 대답을 못 했다.

"혹시 지금 용병들은 얼마 받는 줄 아십니까? 그럼 이 금액이 얼마나 터무니없는 건지는 아시겠네요."

"그래도 군인과 같이 작전을 할 수 있다는 장점이 있습니다."

성준은 피식 웃었다.

"전 혼자가 오히려 좋습니다. 아, 마지막 귀환석 때문에 두 명이겠네요."

성준의 호언장담에 양 국장은 말이 없었다. 두 명을 살핀 성준은 좀 더 강하게 해도 된다고 파악했다.

"그럼 다른 제안이 없으면 이만 가보겠습니다. 뭐, 사람 한 명 구해서 몬스터홀에 들어갔다가 오면 되겠죠."

성준이 자리에서 일어나려고 했다. 그러자 조 단장이 옆에서 나섰다.

"이렇게 하면 어떻겠습니까? 우선 이번 던전을 해결하고 나서 다시 이야기하는 것으로요."

성준은 다시 앉았다.

"이번 광주 몬스터홀 참여하신다면 1,000만 원을 드리겠습니다."

"아뇨. 2,000만 원으로 하죠. 나 자신이 무사히 돌아오면 주는 것으로."

양 국장은 성준을 바라보다가 고개를 끄덕였다.

그렇게 성준의 첫 협상은 끝났다. 어차피 성준은 앞으로 뛸 몸값을 위해 기준이 될 몸값이 필요할 뿐이었다. 이제 시작이었다.

오후에 모든 복귀자가 모여 조 단장과 회의를 했다.

"우선 정 대위의 부상 소식을 모두 들으셨을 겁니다."

모두 고개를 끄덕였다.

"의사의 이야기로는 당분간 정 대위는 몬스터홀에 진입하기 힘들 것 같다고 합니다. 그래서 이후는 정 대위 없이 진행할 생각입니다. 던전화되는 시점은 마지막으로 몬스터홀에 들어간 지 12일째 되는 날로 파악됩니다. 그에 따라 부산 몬스터홀은 내일, 광주 몬스터홀을 모레 방어를 위해 들어가야 합니다. …여러분은 내일 부산 몬스터홀로 가시면 됩니다."

성준과 호영들을 제외한 다른 사람은 모두 어리둥절한 표정이었다. 구로 귀환팀은 다시 구로 몬스터홀로 들어갈 줄 알았는데 정부가 맘대로 몬스터홀을 바꿔 버렸으니 말이다. 바로 성토가 튀어나왔다.

"말도 안 됩니다! 그 몬스터홀을 방어하는 일에 민간인인 우리가 왜 참가야 합니까? 못합니다."

"옳소!"

"옳소!"

모두 여기저기서 아우성이었다. 조 단장은 손을 들어 모두를 진정시켰다.

"잠시 제 말씀을 듣고 이야기해 주십시오. 여러분은 어느 몬스터홀에도 들어갈 수 있습니다. 구로 몬스터홀도 지금 당장 들어갈 수 있습니다."

모두 조 단장 말에 조용해졌다.

"단지 위에 말한 두 몬스터홀 외에는 같이 들어갈 특수 부대원을 지원해 드릴 수 없습니다. 이미 정부는 두 던전에 집중하는 상황입니다."

모두 입을 딱 닫았다. 군인들이 보호해 주는 것과 없는 것의 차이는 너무나도 컸다.

"그리고 성준 씨는 모레 광주 몬스터홀로 들어가게 되었습니다."

폭탄이 떨어졌다. 모든 사람들은 그 자리에서 얼음이 되었다. 모레까지 시간이 되는 하은은 더욱 고민이 되었다.

하은은 친구들을 보았다가 성준을 보았다가 얼굴이 울상이 되었다. 그때였다 보람이 손을 들고 이야기했다.

"저도 시간이 충분해요. 성준 씨하고 가겠어요."

길 팀장 얼굴이 순간 굳어버렸다. 하지만 보람은 길 팀장을 외면했다.

보람을 보고 놀란 하은을 그녀의 친구들이 성준에게로 밀었다. 잠시 울먹이던 하은은 친구들의 어깨를 꼭 껴안았다.

"쇠뇌 잘 쏴요. 저도 갈게요."

하은이 손을 번쩍 들었다.

일행이 정해졌다.

호영, 재식과 여고생들, 그리고 길 팀장 일행. 여고생들은 잘생긴 길 팀장의 말에 넘어가 같이 가기로 했다. 바람둥이의 실력은 대단했다.

그리고 성준과 하은, 보람이 같이 가게 되었다.

하은은 보람을 힐끗 보더니 성준에게 투덜거렸다.

"양손에 꽃을 들고 정말 좋겠네요."

제3장
열사

호영의 눈에 귀환석 돌기둥이 보였다. 주위를 둘러보았다. 사방의 벽에 벌집같이 구멍이 뚫려 있었다.

주위에는 지치고 다쳐서 앉아 있는 군인들이 있었다. 그것도 던전에 들어올 때 인원의 반도 안 되었다.

그리고 무기를 들고 그나마 서 있는 길 팀장과 다른 남자 귀환자들. 그들은 이번에는 열심히 싸웠다. 뒤에서 쇠뇌를 최대한 열심히 쏘았으니까. 재식은 숨을 헐떡이면 완전히 누워 있었다.

호영은 지금 상황에 그저 한숨만 나왔다.

성준들과 인사하고 몬스터홀을 통해 이곳 던전에 진입했

을 때는 그래도 분위기가 나쁘지 않았다.

쇠뇌를 들고 지원해 달라는 부대장의 요청에 열심히 따라주기까지 했다. 여학생들이 지원했지만 당연하게도 부대장이 반대했다.

그 뒤의 전투도 나쁘지 않았다. 호영과 재식이 다른 부대원들과 전방에서 막고 뒤에서 창과 쇠뇌로 상대하는 방식은 이던전에서는 상당히 좋은 전략이었다.

엘리트 몬스터가 등장하지 않고 계속해서 일반 몬스터가 공격해 오는 방식이었기 때문이었다. 특히 호영과 재식의 체력이 강해 방패로 전방을 강하게 압박하니 몬스터들을 상대하기가 상당히 수월했다.

그렇게 그들은 하루 동안 아무도 죽지 않고 초기 지역으로 돌아와서 여자들의 환영을 받았다.

그리고 다음 날, 어느 정도 몬스터들을 해치우고 도착한 곳에 엘리트 몬스터가 있었다. 귀환석 지역의 바로 전 지역에 엘리트 몬스터가 있었던 것이었다.

결국 이들은 엘리트 몬스터를 죽이지 못하고 호영과 재식이 겨우 밀어붙여서 좁은 동굴로 들어오게 된 것이다. 귀환석 지역으로 가는 동굴이었다.

그 와중에 호영 등과 같이 방어하던 군인들이 몬스터의 공격을 버티지 못해 죽임을 당하고 말았다.

사람들은 서로를 바라보았다. 마지막 엘리트 몬스터를 만나기 전까지 자신감이 넘치던 부대장은 얼굴이 심각하게 굳은 상태였고 길 팀장은 무언가 생각 중이었다.

"돌아가죠. 여자들이 기다립니다."

"휴, 그래야죠. 잠시 쉬고 엘리트 몬스터를 다시 상대할 방법을 찾아야겠습니다."

호영의 말에 부대장은 깊은 한숨을 쉬었다.

"그 몬스터를 어떻게 상대한다는 겁니까? 그 녀석을 상대하다 군인 중 반이 죽었습니다. 이 인원으로는 막지 못하고 다 죽을 겁니다."

귀환자 한 명이 반대했다.

"그럼 여자들을 놔두고 떠난다는 말입니까?"

"시작 지역으로 돌아갈 방법이 없잖습니까? 호영 씨 말고는 다 죽을 겁니다. 지금 이 인원으로는 호영 씨도 힘들걸요?"

호영과 다른 귀환자들 사이에 설전이 벌어졌다.

"부대장님이 말해보세요."

한 귀환자의 말에 부대장은 주위의 부대원들을 둘러보고 심각한 갈등에 잠겨 있었다. 차마 대답할 말이 나오지 않았다.

"제길! 난 살아 나갈 거야!"

귀환석 옆에서 길 팀장과 쑥덕거리던 귀환자가 갑자기 귀환석에 달려가 손 문양에 손을 올렸다. 돌기둥의 위에서 빛이 나기 시작했다.

"무슨 짓이야!"

호영은 그 모습을 보고 소리쳤고 뒤에서 길 팀장은 조용히 웃었다.

돌기둥에서 큰 소리가 울려 퍼지고 벽의 구멍에서 몬스터가 쏟아져 나왔다.

* * *

시작 지역에 있던 여자들은 남자들이 돌아오기를 기다렸다.

죽은 사람이 아무도 없었기에 남은 사람들의 얼굴은 무척 밝았다.

"그래도 언니들 말과는 다르게 남자분들 열심히 싸웠다는데요?"

"그러게. 이 인간들이 무슨 바람이 불었는지 모르겠다."

몬스터홀에 들어오기 전, 길 팀장 등 남자 귀환자들 욕을 여고생들에게 신 나게 했던 혜라는 뜻밖의 상황에 난처해서 고개를 돌렸다.

"성태 아저씨는 꽤 멋지지 않아?"

"그래. 옷 입는 스타일도 멋지고 얼굴도 잘생겼어."

"말도 매력 있게 하고 리더십도 있잖아."

여고생들의 수다에 혜라의 얼굴이 팍 상했다. 그 동안 열심히 뿌려놓은 이야기가 여기 들어와서 다 무용지물이 되어 버렸다.

그렇게 여고생과 대학생이 이야기하는 동안 반대쪽에서는 업소 아가씨들이 남자들에게 점수를 매기고 있었다.

"호영 오빠 8점, 성준 씨 6점, 길씨 아저씨 5점, 재식 씨 4점. 나머지 관심 없고."

"난 길성태 씨 8점."

"에엑! 그 인간이 왜?"

"잘생겼잖아."

"난 성준 씨 8점, 호영 씨 7점. 난 성준 씨 맘에 들더라."

"호오, 한 번 들이대 봐."

"됐네. 경쟁 상대가 벌써 둘이다. 난 애들 노는 데는 안 놀아."

쿠르르릉~!

그녀들의 수다가 잠잠해질 무렵, 던전 전체에서 거대한 소음이 들려오기 시작했다.

"이게 무슨 소리죠?"

"나도 처음 들어."

모두 조용히 소리가 끝나기를 기다렸다. 그런데 텐트를 치고 불을 피웠던 바닥에서 연기가 나오더니 모든 흔적이 사라졌다. 모두 원상 복구가 된 것이다. 땅에 고정해 두었던 물건들이 이곳저곳에서 쓰러졌다.

"설마, 이게 성준 씨가 말한 던전이 원래대로 돌아간다는 것인가?"

헤라는 갑자기 생긴 이상에 성준의 말이 생각나 화들짝 놀랐다. 헤라는 다른 사람들에게 바로 성준의 이야기를 해주었다.

"설마요. 다른 사람들이 우리를 놔두고 가버렸다는 거잖아요. 말도 안 돼요."

"성태 아저씨는 그런 분이 아닌 것 같던데요."

"저도 믿기지 않는데요. 확인해야 될 것 같지 않아요?"

헤라의 말에 다들 서로 눈치를 보았다.

"저희들이 다녀올게요. 앞에 군인아저씨들하고 아저씨들이 잡은 몬스터가 보이는지 확인하면 되죠?"

그렇게 이야기한 여고생들은 활을 들고 동굴로 들어갔다. 그리고 얼마 뒤, 그녀들은 심각한 표정을 하고 다시 돌아왔다.

"잡았다던 몬스터가 다들 그 자리에 있어요!"

사람들은 모두 표정이 어두워졌다.

"다들 가버렸나 봐. 어떻게 해."

"무슨 일이 있었나 봐요."

"우린 어쩌죠?"

그녀들은 서로를 바라 볼 뿐이었다. 자신들을 놔두고 떠나

버렸다는 사실에 슬프고 어이가 없어서 그렇게 하염없이 서로를 바라보고 훌쩍이면서 시간만 보냈다.

그리고 꽤 시간이 지난 뒤, 여고생 중 한 명이 다시 활을 들고 일어섰다. 그 모습을 본 다른 여고생들도 모두 활을 손에 잡고 일어섰다.

"저희가 앞장설게요."

"어린 너희들이……!"

"친구들의 목숨으로 여기까지 왔어요. 저희들이 싸울 때에요!"

그녀들은 활을 들고 동굴을 향해 걸어갔다. 그 모습을 본 다른 여자들은 서로를 바라보더니 주섬주섬 주위에 남겨진 무기를 들기 시작했다. 다들 각오한 표정이었다.

쾅!

여고생들이 걸어갔던 동굴에서 갑자기 큰 소리가 들리더니 몬스터 한 마리가 튕겨져 나왔다.

"제길! 진짜 빡 세네. 도망치는 놈이 있을 줄이야."

동굴에서 거대한 덩치 둘이 등장했다. 호영과 재식이었다. 온몸이 피투성이가 된 채로 동굴에서 나온 그들은 앞의 여자들을 보고 말했다.

"애들아, 이제 가자. 데리러 왔다."

잠시 뒤 여자들은 환호성을 지르며 호영 등에게 키스를 퍼부었다.

전날 호영들을 보내고 전라도 광주로 내려온 성준과 여성들은 정부에서 잡아준 호텔에서 하룻밤을 잤다. 그리고 아침 일찍 일어나 정부에서 지원해 준 차를 타고 광주 금남로 공원으로 직행했다.

성준은 차를 타고 가면서 주위를 둘러보았다. 몇 년 전에 왔을 때는 엄청 번화한 공간이었는데 지금은 거의 사람이 지나다니지 않고 가게도 상당수 셔터를 내리고 있었다.

"여의도 사태가 일어난 다음 여기 몬스터홀 주변이 이렇게 됐습니다. 여의도 사태 때 발생한 범위를 듣고는 그 안쪽에 사는 사람들은 다들 불안에 떨고 있어요. 떠날 수 있는 사람은 떠나고 있죠. 이 안쪽으로는 사람들이 잘 안 다녀요. 몬스터홀이 도시 번화가에 자리 잡고 있어서 지역 경제가 망가지고 있어요."

안내하는 정부 관계자가 광주 토박이인가 보다. 말에 아쉬움이 절절했다.

성준들은 금남로 공원에 있는 몬스터홀 앞에 도착했다. 몬스터홀은 여의도나 구로처럼 바리케이드를 치고 군인들이 지키고 있었다.

이미 다른 부대원은 도착해 있었다. 삼십 명 정도였는데 한쪽에 임 하사와 여의도에서 같이 있었던 군인들이 보였다. 성준과 임 하사들은 서로 눈인사를 했다.

"최성준 씨?"

"네."

"반갑습니다. 고성천 대위입니다. 여러 가지 이야기를 많이 들었습니다."

부대장인 모양이었다. 말투가 묘하게 거슬리는 느낌이었다. 성준은 고개를 갸웃거렸다.

"성준 씨 실력이 출중하신 것으로 알고 있지만 지휘자는 저이므로 우선 제 말을 따라 주시기 바랍니다."

"예."

성준은 정론이므로 우선 고개를 끄덕였다.

"그리고 여성분들은 시작 지점에서 대기해 주시기 바랍니다. 안전지대 밖으로 나가 사고가 나면 저희가 책임을 질 수 없습니다. 저희 명령을 꼭 따라 주시기 바랍니다."

임 하사의 눈짓을 받은 성준은 얼른 한마디 하려는 하은을 말렸다.

그들은 모두 몬스터홀을 내려갈 준비를 했다. 장비를 확인하고 군장을 챙겼다. 성준과 하은, 보람은 화살 등의 소모품을 추가로 확인해 채워 넣었다. 그때 성준의 옆으로 슬쩍 다가온 임 하사가 성준에게 말했다.

"잘 말려주셨어요. 안 그러면 던전 내부에서 장난 아니게 힘들었을 거예요."

"누군가요? 상당히 저희에게 반감이 있는 것 같던데요."

"정 대위님 동기십니다. 여의도 때 국회의원들과 의원회관에 계셨죠. 정 대위님께서 다치셔서 오게 되셨습니다."

"에? 몬스터홀은 지원 아닌가요?"

"지원했답니다. 뭐, 이제 경험자라면 다들 지원해야죠. 더군다나 정치인 줄 잡았다고 좋아라 하던 사람인데 진급하려면 방법이 없죠."

"던전에서 괜찮을까요?"

"그래도 일은 잘하는 사람입니다. 권력 욕심이 좀 있지만 능력 있는 엘리트죠."

임 하사는 성준을 도와주는 척하다가 다시 자신의 자리로 갔다.

"모두 준비되었으면 출발!"

고성천 대위는 사람들을 둘러보더니 출발 신호를 했다. 일행은 바로 로프를 타고 몬스터홀 바닥으로 내려오기 시작했다.

몬스터홀 바닥에서는 여전히 문양이 반투명하게 빛나고 있었다. 성준은 밑을 보고 습관적으로 영기분석을 해보았다.

―소환진 레벨 1.
―지구인을 소환해서 레벨 1의 던전에 진입시킴.

사람들이 한 명씩 내려왔고 마지막으로 성준이 조금 늦게 바닥에 도착했다.

부웅~

뱃고동 비슷한 소리가 들리기 시작하더니 갑자기 바닥에 있는 문양이 바뀌기 시작했다. 일행은 깜짝 놀랐다. 이런 일이 생길 줄은 아무도 몰랐다.

성준은 급하게 영기분석을 했다.

―소환진 레벨 2.
―지구인을 소환해서 레벨 2 던전에 진입시킴.

문양에서 강한 빛이 나더니 모두가 사라지기 시작했다.

성준이 눈을 가렸던 손을 내리자 이미 주변은 바닥에 문양이 그려진 초기 지역이었다.

사람들은 모두 문양의 낯선 반응에 놀라 주위를 살피고 있었다.

"별 이상은 없는 것 같다. 그래도 모두 경계를 더욱 확실히 하도록!"

"예!"

군인들은 모두 한목소리로 대답했다. 그리고 시작 지점에 캠프를 만들고 이동 준비를 하기 시작했다. 성준은 심각한 표정으로 생각에 잠겼다.

"우선 1차 정찰을 한다. 위험 요소 확인 시 바로 돌아오도록."

고 대위의 말에 3명의 군인이 쇠뇌 하나만 들고 가벼운 차림으로 출발했다. 사람들은 잠시 대기하고 있었다. 성준은 우선 정찰 정보를 듣기로 했다.

잠시 뒤 세 명의 군인은 어리둥절한 모습으로 돌아왔다.

"직접 확인해 보셔야겠습니다. 예상치 못한 지형지물이 있습니다. 동굴 끝까지 안전합니다."

"…성준 씨, 같이 가시죠. 그래도 성준 씨가 제일 많이 다녔으니 말입니다."

성준은 정찰조와 함께 동굴을 통해 조심스럽게 이동했다. 동굴은 계속 오르막길이었다. 조금씩 공기가 더워졌다. 그렇게 올라가기를 10분. 동굴을 빠져나오자 성준은 눈앞의 광경에 낮은 신음을 내었다.

정말 거대한 광장이었다. 천장은 100층짜리 건물로도 안 닿을 것 같고 저 끝까지의 거리는 열기에 가물거려서 잘 보이지도 않았다. 천장 중앙에는 거대한 빛이 쏟아지고 있어서 열대 지방의 열기가 피부에 느껴졌다. 바닥은 마치 사막의 모래와도 같았다.

마치 거대한 사막 같았다. 완전히 다른 지역이었다.

"여긴 도대체 어디지? 무엇 때문에 이런 곳으로 오게 된 거야!"

생각지도 못한 상황에 고 대위는 양손을 머리 위에 올리고 소리를 질렀다.

짝.

고 대위는 정신을 자리기 위해 손뼉을 쳤다.

"출발 지점으로 돌아갑니다. 회의를 좀 해야겠습니다."

정찰조와 성준 등은 모두 다시 캠프로 돌아갔다.

고 대위는 모든 사람에게 상황을 이야기했다. 이야기를 들은 하은은 고 대위에게 건의했다.

"모두 나가서 보고 이야기하는 것이 어때요? 실제로 보지 않으면 모르겠는데요."

하은의 말에 고 대위가 동의하고 모든 인원이 무기를 들고 동굴을 지나 거대한 공동에 도착했다.

"아무래도 사막처럼 보이는데요."

보람이 눈이 부신지 두 손으로 얼굴에 그늘을 만들면서 말했다. 하은이 바닥의 입자를 손으로 만져 보았다.

"이건 완전히 모래랑 똑같은데요? 여기는 사막이에요."

모래언덕이 저 멀리까지 이어져 있었다. 그리고 그 뒤로 아지랑이에 일렁이는 벽이 보였다. 일반적인 동굴 벽 같은데 너무 멀어서 흐리게 보였다.

"꼭 돌에 둥근 구멍을 뚫어 모래 넣고 뚜껑을 덮은 것 같네요."

보람에 말에 모두 고개를 끄덕였다. 크기가 너무 커서 그렇지 의미는 틀리지 않았다. 문제는 너무 넓었다. 고 대위는 고민하다가 일행에게 말했다.

"아무래도 모두 같이 움직여야겠습니다. 누구를 출발 지역에 두었다가는 다시 데리러 올 시간이 부족할 것 같습니다."

출발 지역에 있기로 했었던 보람과 하은 모두 고개를 끄덕였다.

"그럼 목표가 문제인데."

말을 하면서 망원경으로 주위를 살펴보던 고 대위는 중앙에 망원경을 고정하며 말했다.

"중앙에 있는 저것, 무슨 기둥 같습니다만?"

그 말에 성준이 망원경을 빌려서 바라보았다. 모래언덕 위에 뭔가가 삐쭉하니 솟아올라 있었다. 확실히 기둥처럼 보였다.

성준은 영기분석을 사용해 보았지만 너무 멀어 작동이 되지 않았다. 거리 제한이 있는 모양이었다. 어차피 감각의 활성화도 조금만 멀리 떨어지면 확인이 불가능하기 때문에 별로 다를 것이 없었다.

"그럼 저 중앙 기둥을 향해 움직입시다."

일행은 모두 짐을 싸들고 움직이기 시작했다.

보람과 하은도 남자만큼의 짐을 들었다. 둘 다 어느 정도 영기 성장치가 있어서 거뜬히 짐을 지고 움직였다.

고 대위는 기둥과의 거리를 대충 가늠해 보더니 적어도

20㎞ 정도 되어 보인다고 했다. 문제는 일행에게 사막용 장비가 전혀 없다는 것이다. 모두 어쩔 수 없이 군용 모자를 꺼내 머리에 쓰고 군복으로 최대한 몸의 노출을 줄인 채 출발했다.

이곳은 넓은 지역이라서 그런지 바람이 조금씩 불기도 했다. 하늘 높이 보이는 암벽 천장이 아니면 지하로 여겨지지도 않았다. 성준은 저 거대한 천장이 안 무너지는 것도 신기했다.

일행은 몇 시간 동안 아무런 말없이 이동했다. 다들 모래 때문에 힘들어 했다. 그래도 하은과 보람은 잘 따라왔다. 성준은 일행 중에서 제일 몸 상태가 좋았다. 2레벨이라 기본적으로 좀 더 좋은 체력에다가 55인 영기 성장치가 성준을 강건하게 했다.

그런데 어느 정도 시간이 지나자 천장에서 뿌리던 빛이 점점 사라지고 있었다. 이곳은 낮과 밤이 있는 모양이었다.

"모두 정지. 오늘은 이곳에서 쉰다. 식사하고 불침번을 정하고 다시 빛이 들어올 때 움직인다."

고 대위는 어두워지기 시작하자 주위를 살피더니 작은 바위가 드문드문 있어서 바람을 막아 주는 곳에 일행을 정지시키고 잠자리를 만들게 했다. 빛이 사라지면서 갑자기 추워지기 시작했다.

"완전히 사막이랑 같은 상황인데요? 고의로 사막 환경을 구현해 놓은 것 같아요."

하은의 말에 성준은 동의했다. 이유는 모르겠지만 이곳은 사막과 동일하게 만들어 놓은 장소였다.

"와! 별이에요."

어느덧 시간이 흘러 하늘의 가운데에서 강하게 비추던 빛이 사라지자 천장에 박혀 있는 빛나는 돌이 보이기 시작했다. 천장에 박혀 있는 모습이 마치 별빛 같았다.

일행은 하늘을 보고 다들 묘한 향수에 감겨 잠자리에 들었다.

아침이 되었다. 아니, 천장의 가운데에서 강한 빛이 나오기 시작했다.

"기상! 기상! 모두 무기 들어!"

갑자기 외치는 소리에 성준은 번쩍 정신이 들어 침낭에서 나왔다.

성준은 주위를 살폈다. 주위에는 소리를 지르는 고 대위와 자리에서 일어나는 몇 명의 병사, 그리고 하은과 보람이 있었다.

"몇 명?"

어젯밤과 인원수가 차이가 있었다. 다들 일어나서 인원 체크를 하고 주위를 확인하고 정신이 없었다.

상황을 파악해 보니 밤의 어느 시간대부터 불침번을 깨우는 사람이 없었다. 그리고 자던 사람의 반 정도가 침낭과 함께 사라졌다. 사라진 사람이 너무 많아 몇 번 불침번에서 문제가 생겼는지 알 수가 없었다.

성준은 능력을 사용해서 사라진 사람이 있었던 바닥을 확인해 보았다.

—사막지구 환영동물 실험체 흔적.

—가운데 모래가 꺼지고 주변 모래가 가운데로 모임.

"땅속이군요."

"네?"

성준의 말에 모두 그를 쳐다보았다. 성준은 바닥을 가리키며 말했다.

"무언가 사람을 땅속으로 끌어들인 흔적처럼 보입니다."

"정말입니까? 제 눈으로는 알 수가 없습니다만."

"제 눈에 그렇게 보입니다."

성준은 고 대위의 반문에 그렇게 대답했다. 고 대위는 성준의 말에 인상을 썼다.

"만약 성준 씨 말이 사실이면 이제 어떻게 해야 한다고 생각합니까?"

고 대위는 성준을 똑바로 바라보고 물어보았다. 자신 위치에 도전한다고 생각한 것일까? 성준은 고 대위의 행동에 의문을 가졌다.

"우선 이곳을 피해야지요. 이곳은 그 몬스터의 식당이니까요."

"그래도 수색을 해봐야겠습니다. 소중한 전우입니다."

고 대위는 성준의 말을 듣고 성준에게 큰소리로 답변했다.

'모든 사람이 다 듣도록 큰소리로 이야기한다라.'

성준은 자신의 말을 무시하는 것은 둘째 치고 자신을 이용해서 부대원들의 호감을 얻는 고 대위의 행동에 기분이 안 좋았다.

고 대위는 부대원들에게 말했다.

"모두 주위를 조사한다. 시야 밖으로 나가지 말고 서로 간의 거리를 유지하고 수색한다."

군인들은 사방으로 퍼져서 실종자를 수색하기 시작했다. 고 대위는 성준을 외면한 채 부대원들을 지휘했다.

"저 군인아저씨 갑자기 왜 저러죠?"

"파워 싸움이야."

"네?"

"사람들이 많이 실종되었는데 성준 씨가 대안을 내놓으니 자신의 위치가 흔들릴까 봐 그러는 거야."

"헐~"

하은의 물음에 보람이 대답해 주었다. 그녀들 간의 거리가 많이 사라진 것 같았다.

"그런 것은 상관없고 둘은 이쪽으로 와봐."

성준은 그녀들을 데리고 근처의 제일 큰 바위 위로 올라갔다. 이곳은 드문드문하게 바위가 널려 있었다.

"모두 무기를 꺼내. 사람들이 저렇게 흩어져 있으니 공격해 올지도 몰라."

성준의 그 동안의 경험으로는 던전의 몬스터들은 상당히 똑똑했다. 사람들이 흩어져 있을 때를 노려 공격해 올 수도 있었다.

그렇게 잠시 수색을 하고 있을 때, 한 병사가 소리쳤다.

"전 하사가 안 보입니다."

그때 다른 병사가 비명을 질렀다.

"끄아아아악!"

"김 하사가 땅속으로 빨려 들어갑니다!"

제일 가까이 있던 병사가 비명을 지르며 사라진 병사가 있던 곳으로 뛰어갔다.

성준은 고 대위에게 소리쳤다.

"바위 위가 그래도 안전합니다. 모두 바위 위로 가게 하세요!"

고 대위는 성준의 말에 이를 악물고 병사들에게 소리쳤다.

"모두 가까운 바위 위로 올라가. 누가 당하든 지금은 뛰어!"

고 대위 본인도 근처의 바위를 향해 뛰었다.

사라진 병사에게로 뛰어가던 병사는 고 대위의 말을 듣고 바로 뒤를 돌아 뛰려고 했지만 몬스터에 의해 그대로 땅속으로 끌려 들어갔다.

그래도 그 병사를 마지막으로 모두 바위 위로 올라갈 수 있었다.

성준과 보람, 하은이 한 바위에 있었고 30미터 정도 떨어진 바위 위에 고 대위와 한 그룹, 그리고 대각선으로 20미터 떨어진 곳에 임 하사와 한 그룹이 바위 위에 올라가 있었다.

사람들은 모두 긴장하면서 일부는 방패를, 나머지는 석궁을 들고 사방을 살피고 있었다.

성준도 방패와 칼을 꺼내 들었고 하은과 보람은 석궁을 들고 있었다.

잠시 동안 아무런 소리도 없이 조용해져서 사람들의 긴장이 조금 풀렸을 때, 갑자기 임 하사가 있는 그룹 앞의 모래가 폭탄을 맞은 것처럼 터졌다. 그리고 그 안에서 사람 몸통보다 거대한 지렁이처럼 보이는 몬스터가 머리를 뽑아내 한 병사의 머리를 향해 그 머리를 내리꽂았다.

몬스터의 머리끝에는 거대한 이빨이 나 있었고 중앙에는 빨간 빨판과 목구멍처럼 보이는 구멍이 달려 있었다.

병사는 피하지 못하고 몬스터의 머리끝에 있는 입에 허리까지 물려 거꾸로 들어 올려졌다. 병사 옆에 있던 다른 병사들은 놀란 와중에 칼을 휘두르고 쇠뇌를 쏘았다. 그러나 전혀 소용이 없었다. 모든 공격은 몬스터의 피부에서 튕겨져 나왔다.

"공격이 전혀 안 들어가요!"

몬스터의 피부는 땅속을 파기 위해서인지 엄청 두껍고 단단해 보였다. 몬스터는 군인을 거꾸로 문 채 땅속으로 들어갔다. 잠시 뒤 모래가 덮히며 구멍이 사라졌다.

모두 충격을 받았다. 병사들은 어쩔 줄 모르고 대위의 얼굴만 바라봤고 대위는 아무 말도 하지 못했다.

성준은 보람과 하은을 보고 다른 사람을 도와주러 갈 생각을 접었다. 움직이면 이곳이 위험해졌다.

그때, 병사가 먹혔던 그 바위 주위로 지렁이 몬스터가 세 마리가 수직으로 튀어나와 꼿꼿이 몸을 들었다. 바위에 남아 있는 병사의 수와 같았다.

이제 몬스터는 어떤 공격도 무섭지 않은 것 같았다. 바로 모든 공격을 무시하고 그대로 병사들의 머리를 물었다. 두 명의 병사는 바로 머리가 물렸고 임 하사만이 방패로 머리를 막아 피할 수 있었다.

"살려줘!"

몬스터의 입속에 물려 있는 병사의 비명이 터져 나오고 병사들은 발버둥을 치며 몬스터에 의해서 땅속으로 끌려들어 갔다.

마지막 남은 임 하사는 방패를 들고 겁먹은 얼굴로 주위를 둘러보았다. 다들 임 하사를 바라보면서 걱정했다.

그때, 다른 바위에 있던 고 대위가 몬스터에게 머리를 물려 버렸다. 모든 시선을 임 하사에게 돌리고 고 대위가 있는 바위 뒤로 돌아온 것이다.

이곳의 사람들은 한 명도 버티지 못했다. 모두 고 대위가 끌려 들어간 후 몰려나온 놈들에게 어디 한군데를 물려서 끌려 들어갔다.

잠시 주위가 조용해졌다. 저 멀리 임 하사가 방패를 들고 긴장하면서 주위를 계속 둘러보고 있었다.

성준은 이를 악물었다.

"다들 괜찮아?"

"…네."

충격을 받았는지 한 템포씩 늦었지만 그래도 둘 다 대답을 했다.

마지막으로 하은이 대답하는 사이에 성준의 앞으로 거대한 기둥이 조용히 솟아올랐다.

"젠장!"

그 모습을 본 성준은 성질을 부리면서 검을 있는 힘껏 휘둘렀다.

거대한 기둥은 반으로 잘라져서 윗부분이 뒤로 넘어가기 시작했다. 그 모습을 지켜보는 성준의 칼날에는 검은빛이 흐르고 있었다.

"삐이이이이익―!"

땅속에서 이상한 기음이 여러 곳에서 터져 나왔다. 몬스터들이 비명을 지르는 소리였다.

뒤로 넘어진 몬스터는 연기가 돼서 성준과 칼에 반씩 흡수가 되었다.

잠시 주위가 조용해지더니 갑자기 성준을 향해 정면에서 몬스터가 달려들었다. 다행히 아슬아슬하게 능력을 사용한 성준은 방패로 몬스터의 몸을 옆으로 흘릴 수 있었고 그 측면을 영기가 씌워진 검으로 자를 수 있었다. 몬스터는 검은 연기가 되었다.

'아슬아슬하네. 조금만 빨리 공격당했으면 큰일 날 뻔했어.'

지금 성준은 열심히 허장성세 중이었다. 칼의 영기 소모량이 너무 커서 한 번 쓰면 충천 시간이 오래 걸렸다. 그래서 공격을 받지 않도록 최대한 강하게 보이도록 노력하는 중이었다.

두 번이나 성준에게 당한 몬스터들은 임 하사를 향해 공격 방향을 돌렸고 임 하사는 정 대위를 부탁한다는 말과 함께 결국 땅속으로 사라지고 말았다.

잠시 뒤, 성준들 앞에는 거대한 기둥 수십 개가 칼이 닿지 않을 거리에 세워져 있었다. 몬스터는 땅속으로 숨어 들어갔다.

"바위를 내려오면 죽인다는 시위로군."

성준은 어이가 없어서 한마디 했다. 뒤에 있던 보람이 성준에게 물어보았다.

"이제 이곳에서 벗어날 방법은 없는 것인가요?"

성준이 주위를 보니 바위마다 간격이 적어도 10미터 이상은 되어 보였다.

"그래도 쇠뇌라도 먹혔으면 싸우다 죽을 텐데… 이렇게 마냥 기다리다가 죽는 건 싫은데."

하은은 속상하다는 듯이 이야기했다.

"잠시들 이리로 좀 와봐요."

성준은 두 명을 자신 쪽으로 불렀다. 둘은 성준의 앞으로 다가갔다.

성준은 둘의 허리를 양팔로 껴안았다.

"꽉 잡아요!"

성준은 보람과 하은이 놀라서 목을 껴안는 것을 느끼면서 능력을 사용해 발을 박찼다.

그들은 공중을 날았다.

성준은 공중에서 몸을 돌려 자신이 아래쪽으로 향하도록 했다. 전에 활공 능력을 사용하던 몬스터를 흉내 내 보았는데 바로 따라할 수가 있었다.

그리고 성준은 점프한 바위로부터 20미터 떨어진 바위 윗면에 격돌, 그대로 미끄러졌다.

쾅!

찌이이익!

등의 방검복이 찢어지는 소리가 또 들렸다. 도대체 방검복이 멀쩡했던 적이 없었던 것 같았다.

"으갸갸갸."

성준은 등에서 올라오는 전율에 입에서 절로 신음이 났다. 양팔에 두 명의 여성을 껴안고 누워 있는데 등이 아파 아무 생각이 안 들었다.

"와! 마치 나는 줄 알았어요."

등이 아파 못 움직이는 사이에 둘은 팔에서 빠져나와 신기한 표정으로 성준을 바라보았다. 성준은 등이 좀 괜찮아지자 자리에서 일어났다. 치유력이 장난 아니게 증가한 것 같았다.

"전투를 많이 하다 보니까 생긴 능력이에요."

성준은 우선 대충 둘러댔다. 다행히 활공 능력은 성준과 같이 이동하는 물체는 다 적용되는 모양이었다. 아니었으면 둘의 무게에 중간도 못 가 바닥에 처박혔을 것이다.

성준은 주위를 둘러보았다. 능력을 사용해서 땅을 확인하니 200미터 정도가 그 지렁이 몬스터들의 둥지였다. 잘못된 잠자리였다.

바위의 위치를 확인해 보니 앞으로 10번 이상 능력을 사용해서 이동해야 할 것 같았다. 성준은 좌절했다.

하지만 결국 성준은 해냈다. 마지막 착지는 모래에 착지하는 것이라 아픔도 거의 느껴지지 않아 다행이었다. 한 번 움직이고 영기를 회복하는 식으로 반복해서 움직였다.

성준과 하은들은 잠시 쉬기로 했다. 성준의 체력이 거의 바닥이 난 상황이었다. 그들은 성준이 확인한 큰 바위 옆에서 식사를 하고 잠시 쉬었다. 대충 시간을 계산해 보니 벌써 오후였다.

식사를 하고 휴식을 취해 체력을 회복한 성준은 멀리 보이는 기둥과의 거리와 출발한 벽까지의 거리를 확인해 보았다. 거의 3분의 2 정도 온 것 같았다.

오늘 안에 도착하기에는 아슬아슬했지만 출발하기로 했다. 그들은 장비를 점검하고 다시 걸음을 옮겼다.

그들은 뒤쪽에서 들리는 지렁이 몬스터의 소리를 배경음 삼아 앞으로 나아갔다.

한 시간 정도를 전진한 것 같았다. 모래에 조금씩 수분이 섞이는 것 같았다. 그리고 자갈이 보이기 시작했다.

"다들 좀 더 주의해요."

그들은 조심스럽게 전진해 나갔다. 잠시 뒤 일행이 작은 구릉에 올라서자 모래언덕 너머로 거대한 몬스터의 군락지를 보게 되었다.

그곳은 어느 정도 흙과 풀이 보이고 중간중간에 마른 나무가 서 있는 지역이었다. 다들 던전에서 식물을 처음 봐서 신기하게 생각했다.

그런데 그 지역에는 사람의 크기보다 서너 배가 큰 전갈처럼 생긴 몬스터가 군락을 이루고 모여 있었다. 대충 눈으로 보기만 해도 수백 마리는 되어 보였다.

성준은 능력을 사용했다.

—사막 전갈 실험체 버전.

—2등급.

—사막 지형 테스트를 위해 제조.

—강점: 기본적인 독 공격 능력을 가지고 있다.

—약점: 입체적인 이동에 취약하다.

"아무래도 다른 곳으로 돌아가야 할 것 같은데요."

보람이 몬스터의 숫자를 확인하더니 질린 표정으로 이야기했다.

하은은 동의를 표하고 일행은 다시 모래언덕 아래로 내려왔다. 그리고 그들은 몬스터가 안 보이는 곳까지 되돌아가서 옆으로 빙 둘러 이동하기 시작했다.

그리고 얼마 뒤, 그들은 열심히 몬스터를 피해 도망가고 있었다.

"지금! 오른쪽으로 달려!"

성준의 말과 함께 앞을 향해 달리던 그들은 바로 옆으로 죽어라고 뛰었다. 그리고 지하철만 한 거대 지렁이 몬스터가 그들이 있던 자리를 휩쓸고 지나갔다.

"엘리트 몬스터면 조금만 커지면 되잖아. 무슨 거대 괴물이냐!"

"으앙! 지렁이 너무 싫어."

이 몬스터와 조우하게 된 것은 일행이 전갈 몬스터 군락을 출발한 지 30분 정도 지난 뒤였다. 그들은 뒤쪽에서 전에 들었던 지렁이 몬스터의 소리를 다시 들을 수가 있었다.

일행은 모두 뒤를 돌아보았고 잠시 뒤, 모래 위를 미끄러지며 돌진해 오는 엘리트 몬스터를 보고 비명을 지르면서 도망가기 시작했다. 지렁이 몬스터의 둥지에서부터 여기까지 쫓아온 모양이었다.

—사막 환형 생물 실험체 각성 버전.

—2등급.

—사막 지형 테스트를 위해 제조.

—특이 능력 각성: 거대화.

—강점: 큰 주제에 빠르다.

—약점: 너무 커져서 땅을 파고 들어갈 수가 없다.

성준이 능력을 사용해서 확인한 몬스터 정보였다.

그리고 그 뒤부터 계속 이 상태였다. 몬스터는 그 큰 몸으로 성준의 등을 덮쳤고 성준은 영기분석과 감각을 활성화해서 타이밍을 잡아 피했다.

행운인 점은 덩치가 커서 회전 반경이 넓다는 것이고 불행한 점은 바닥이 모래라서 능력을 사용해도 소용이 없다는 점이었다. 성준도 그냥 달릴 수밖에 없었다.

"둘도 방법 좀 찾아봐요! 얼마 더 못 피해요."

성준은 몬스터에 신경을 집중하느라 주위를 전혀 확인할 수가 없었다.

"이번에는 밑으로 굴러요!"

모래언덕을 내려가다 성준이 소리 쳤다.

아래쪽으로 몸을 던진 그들 위로 모래언덕이 터져 나가고 엘리트 몬스터가 뛰쳐나왔다. 성준들의 몸에 그림자를 드리우면서 거대한 몬스터의 몸체가 그들의 머리 위를 가로질러 갔다.

"저쪽 방향에 몬스터들 왕창 있잖아요."

보람은 전갈 몬스터들이 있는 방향을 가리켰다.

"그게 왜요?"

"어차피 이놈한테 벗어날 수 없을 바에 그곳으로 뛰어들죠."

뛰면서 말하는 보람을 어이없이 바라보던 성준은 자신이

전에 한 일이 있어서 슬프게도 동의할 수밖에는 없었다.

그리고 그들은 엘리트 몬스터를 그 방향으로 유인했다. 몇 개의 모래언덕을 넘은 그들은 마지막 모래언덕을 넘자 반대편에 보이는 전갈 몬스터들에게 달려갔다.

딸랑! 딸랑!

전갈 몬스터들은 맛있는 먹이가 달려오는 모습에 그 꼬리를 번쩍 세웠다. 그러자 꼬리에서 나오는 방울 소리가 군락지 전체에 울려 퍼졌다.

앞쪽의 몬스터가 성준들을 향해 달려들기 시작했다.

"와! 장관이에요."

모래언덕 위쪽에서 봤던 몬스터 수백 마리의 움직임에 하은이 소리쳤다.

"역시 넌 안 평범해!"

성준은 능력을 사용해서 앞쪽의 지형지물을 파악하려고 노력했다.

뒤쪽의 모래언덕 위로 지렁이 엘리트 몬스터가 그 거대한 몸체를 등장시켰다.

딸랑! 딸랑! 딸랑!

앞쪽의 몬스터들은 그 거대한 엘리트 몬스터의 모습에도 전의를 잃지 않고 계속 돌진했고 뒤쪽에 있는 모든 몬스터가 꼬리를 바짝 세우고 달려들기 시작했다.

성준은 엘리트 몬스터와 전갈 몬스터가 만나는 지점에 있는 넓고 평평한 큰 돌을 발견했다. 충분한 발판이 될 것 같았다.

"저 돌을 밟고 뛸 테니까 위에 올라서면 날 잡아! 내가 손을 놓아도 죽어도 나한테서 떨어지지 마!"

"와! 작업 멘트 유치해요!"

"하하하하."

성준의 이야기에 하은은 농담을 했고 보람은 달리면서 신나게 웃었다.

그리고 성준이 돌 위에 발을 올려놓는 순간 엘리트 몬스터와 지네 몬스터가 성준들을 덮쳤다.

"꼭 잡아!"

보람과 하은은 눈을 꼭 감고 성준을 껴안았다. 그녀들은 공중을 나는 기분을 느꼈다.

하은이 눈을 떴다. 그녀의 눈에 엘리트 몬스터가 전갈 몬스터들을 뭉개면서 전진하고 있는 모습이 보였다. 전갈 몬스터들도 어떻게 해서든지 상처를 내기 위해 육탄 돌격을 감행하고 있었다.

하은이 느끼던 공중을 나는 느낌이 어느 순간 사라졌다. 그리고 그들은 엘리트 몬스터 위로 추락했다.

"꺄악!"

보람과 하은이 소리를 질렀다.

"꽉 잡아! 떨어지면 죽는다!"

성준은 보람과 하은의 상승된 능력치를 믿고 그녀들을 감싸던 팔을 뺐다.

손에 칼을 생성시키고 검은 날을 만들었다. 그리고 양손으로 아래를 겨냥하고 엘리트 몬스터와 충돌하는 순간, 칼을 꽂았다.

쿵!

주위 소리에 묻혀 소리는 크지 않았다. 칼은 다행히도 몬스터의 등에 잘 박혔다. 하은과 보람도 비명을 지르면서도 성준을 놓치지 않았다. 거칠게 흔들리는 엘리트 몬스터의 등에서 성준은 칼을 잡고, 하은과 보람은 성준을 잡고 사투를 벌였다.

엘리트 몬스터는 탈선한 기차가 자동차를 깔아뭉개고 달리는 것처럼 앞에 무엇이 있든지 멈추지 않고 밀어붙였다. 전갈 몬스터도 음식을 향해 까맣게 달려드는 개미 떼처럼 사방에서 달려들어 어떻게 하든지 엘리트 몬스터의 전진을 막으려고 노력했다.

전갈 몬스터는 수도 없이 죽어나가면서 검은 연기로 변해 사방으로 퍼져 나갔다. 그중에 일부가 성준과 하은과 보람의 몸으로 흡수되었다. 그러자 흔들리던 몸이 점차로 안정되었다.

"어라? 훨씬 편해졌어요."

"저도요."

성준도 피곤하고 힘들었던 몸이 좋아지는 것이 실시간으로 느껴졌다. 잘하면 이대로 집게 몬스터 군락을 통과할 수 있을 것 같았다. 이 위에서 내릴 때가 문제지만 그건 그때 생각하기로 했다. 이제는 멀리 기둥이 보이기 시작했다.

'이대로 기둥까지 계속 달려라.'

이제 몬스터 군락의 끝이 보였다.

성준이 뒤를 보자 거의 일직선으로 지렁이 엘리트 몬스터가 밀고 내려온 흔적이 보였다. 몬스터들은 연기가 되어서 사라졌지만 싸움의 흔적은 남았다. 땅이 파이고 돌이 으깨지고 난리가 아니었다.

지렁이 엘리트 몬스터는 몇 마리의 집게 몬스터만 몸에 매달고 투명한 체액을 사방으로 뿌리면서 달려갔다.

뒤로는 많은 숫자의 전갈 몬스터가 따라왔지만 속도에서 엘리트 몬스터가 더 빨랐다.

그렇게 안심하기 시작할 때, 앞쪽의 모래언덕 위로 거대한 전갈 몬스터가 등장했다. 그리고 그 전갈 몬스터는 엘리트 몬스터에게 달려들었다.

그 거대한 몬스터끼리 충돌했다.

지렁이 엘리트 몬스터의 그 대단한 질주가 멈추었다. 전갈 몬스터는 지렁이 엘리트 몬스터의 입을 집게로 틀어막고 6개의 다리에 힘을 주어 전진을 막았다. 그리고 전갈 몬스터는 그 거대한 꼬리를 위로 세웠다가 그대로 엘리트 몬스터의 머리에 꼬리를 내리꽂았다.

잠시 뒤, 지렁이 엘리트 몬스터는 그 거대한 몸의 움직임을 멈추었고 그 뒤를 추적하던 다른 전갈 몬스터가 떼로 달려들어 온몸을 집게로 난자했다.

엘리트 몬스터로 보이는 거대한 전갈 몬스터는 그 꼬리를 들어올렸다.

딸랑! 딸랑!

그때 성준 일행은 조용히 거대한 전갈 몬스터 뒤에 있는 모래언덕 너머로 도망치고 있었다.

성준은 전갈 몬스터와 지렁이 몬스터가 충돌하는 순간 등에 꽂아 넣었던 칼을 없앴다. 그리고 둘을 껴안고 몬스터의 등을 박차 능력의 힘으로 전갈 몬스터를 뛰어넘었다.

모래언덕을 넘어가니 눈앞에 거대하고 높은 하얀 건물이 보였다. 맨 아래의 입구를 제외하면 창문도 없어서 기둥으로 보인 모양이었다.

성준은 한숨을 내쉬고 자신의 숫자를 확인했다.

─검투사 정보.
─영기 레벨 2.

―영기 성장치 85.

―영기 185.

―영기분석 레벨 1, 고속 저중력 이동 레벨 1.

―영기화된 미합중국 군용 쇠뇌, 영기화된 발렌 제국 제식
장검―각성.

성준은 숫자를 보고 흡족했다. 살기 위해 엄청 위험한 행동
을 했지만 그래도 보상이 있으니 좀 기분이 나아졌다.

"어라? 숫자가 100이 되었어요. 힘이 넘치는데요."

"언니도요? 저도 100인데."

성준의 머리가 그녀들을 향해 돌아갔다.

"근데 자꾸 뭐가 먹고 싶지 않니?"

"그러게요. 이상하네. 음식을 먹고 싶은 느낌은 아닌데 그
러네."

성준은 입맛을 다시는 그녀들을 보고 식은땀을 흘렸다.

성준은 갑자기 생각이 나서 자신의 장검을 꺼내 정보를 확
인했다.

―발렌 제국 제식 장검―각성.

―영기 레벨 1.

―영기 성장치 82.

―영기 100.

─코어 보석에 의해 각성된 검. 영기를 사용하여 강한 공격
가능.

장검도 성장치가 엄청 상승했다. 생각해 보니 지렁이 일반
몬스터 2마리도 검으로 잘랐고 지렁이 엘리트 몬스터에 매달
려 있을 때도 계속 칼을 박아놓았던 것 같았다.

'상승하면 좋은 거지, 뭐.'

성준은 아무래도 2대 1 정도의 비율로 1레벨 진입자와 2레
벨 각성자의 성장치가 차이가 나는 것 같았다. 점점 레벨이
올라갈수록 성장치를 올리기 힘들어 보였다.

성준은 생각을 정리하고 앞을 바라보았다. 체육관만 한 크
기의 높기만 하고 창문도 하나 없는 흰색 원형 기둥이었다.

성준의 앞쪽에 입구로 보이는 구멍이 보였다. 성준들은 입
구로 들어갔다. 그 안은 텅 비어 있었고 가운데에는 쇠기둥이
서 있었다.

쇠기둥 아래에서 문양이 빛나고 있었다.

전부터 보아왔던 귀환석과 형태는 같았다. 단지 돌기둥이
쇠기둥으로 변했다. 일행은 그곳으로 가까이 갔다. 역시 여기
에도 글이 써져 있었다.

성준은 우선 검을 꺼내 힘껏 잘라 보았다. 자국도 안 났다.
성준은 다시 영기를 사용해 검으로 쇠기둥을 잘라 보았다. 이
번에는 살짝 금이 그어졌다. 성준은 고개를 흔들었다.

"아직 멀었나."

그리고 귀환 기둥에 적혀 있는 글을 세 명이 같이 읽어보았다.

시간제한 귀환 쇠기둥.

이 던전은 2레벨이 마지막인가 봐요. 그리고 보스 잡으면 밖의 구멍이 없어져요.

10분 시간제한. 시간 안에 소환된 몬스터 다 잡으면 보스룸 이동 존으로 변함.

두 명이 5분 걸림, 다시는 시간 오버 없음.

혼자 3분 완료. 다니면서 던전 다 없애는 중.

모두 각각 원 킬 재미없음.

모두는 글을 읽고 깜짝 놀랐다. 몬스터홀을 없애는 방법이 나와 있는 것이었다.

"이 글이 사실이라면 정말 엄청난 이야기인데요?"

"여태 다 맞았으니까 이것도 사실일 것 같은데… 안 그래요? 성준 씨."

성준은 우선 쇠기둥에 영기 분석을 사용해 보았다.

—2방향 전환 이동진.

—지구 진입자 소환진과 연결.

—관리자 아바타 개인실과 연결.

—영기 몬스터 전환진과 연동 상태.

"제 생각에도 사실일 것 같습니다. 우선 귀환도 된다고 했
으니까 몬스터들을 최대한 막아보도록 하죠. 광주에 돌아가
면 정부 쪽 사람한테 이야기하면 될 것 같습니다."

모두 동의했다. 이제 몬스터홀 해결의 실마리가 보이는 것
같았다.

"그런데 누가 손을 올리고 있죠?"

조용히 하은과 보람이 서로를 바라보았다. 둘은 가위바위
보를 하기로 했다. 지는 사람이 손대고 있기로 했다.

"가위바위보."

"보."

결국 살짝 늦게 낸 하은이 이겼다. 하은은 보람에게 한 번
만 봐달라는 시늉을 하고 보람은 어쩔 수 없다는 듯이 쇠기둥
의 문양에 손을 올릴 준비를 했다.

성준은 우선 쇠뇌를 꺼내어 자리를 잡았다. 쇠뇌를 한 번
쏘고 장검으로 바꿀 생각이었다. 하은도 쇠뇌를 꺼내고 보람
도 반대쪽 손으로 쇠뇌를 들었다. 한 발이라도 도움이 되기를
원했던 것이다.

성준은 자세를 갖추고 주위를 둘러보았다. 전체가 흰색 돌
로 이루어진 곳이었다. 건물 내부는 텅 비어 있었고 바닥의

가운데에는 전체 넓이의 반 정도 크기의 원형 문양이 빛나고 있었다.

"준비되었죠?"

보람의 말에 성준과 하은은 고개를 끄덕였다. 보람은 손을 문양에 가져다 대었다.

쇠기둥은 아무 변화가 없다가 쇠기둥 위에 작은 문양이 생겼다. 그리고 그 문양은 점점 커지면서 벽 쪽으로 이동했다. 어느 정도 커진 문양은 환하게 빛이 나더니 그곳에서 몬스터가 한 마리 나왔다.

전갈 몬스터였다. 그런데 상당히 작아 성준과 크기가 비슷했다. 성준은 바로 영기분석을 해보았다.

―사막 전갈 실험체 버전.
―1등급.
―사막 지형 테스트를 위해 제조.
―강점: 없다.
―약점: 입체적인 이동에 취약하다.

1레벨 몬스터였다.

"시작은 괜찮은데."

성준의 말이 끝나기도 전에 뒤에서 화살이 하나 날아와 몬스터의 머리에 박혔다. 몬스터는 긴 비명을 지르더니 바로 뒤로 넘어졌고 연기가 되었다.

성준은 뒤를 돌아보았다.

"한 번 강도나 확인해 보려고 했는데, 그렇게 쉽게 죽을 줄은 몰랐어요."

다들 너무 강한 몬스터만 봐와서 이렇게 금방 죽자 어이가 없었다.

몬스터가 연기로 사라지자 이번에는 두 개의 문양이 밖을 향해 이동했다. 두 마리의 몬스터가 나타났다. 성준과 하은이 한 발씩 쏘아서 바로 사라지게 했다.

"이런 식이면 상당히 쉬울 것 같은데요?"

"모르지."

이번에는 네 개의 문양이 이동해서 네 마리의 몬스터가 나왔다. 몬스터의 머리에는 바로 화살이 꽂혔다. 보람이 쏜 화살까지 3발이 날아온 것이었다. 그리고 나머지 한 마리는 성준이 칼로 끝냈다.

"도와주는 것은 이번이 마지막이에요."

여덟 개의 문양이 이동했다. 여덟 마리의 몬스터가 등장했다.

"도대체 몇 마리까지 나올 생각이지?"

성준과 하은의 화살에 두 마리까지 쓰러지고 나머지 여섯 마리가 달려들었다. 성준에게 세 마리, 하은에게 세 마리의 몬스터가 달려들었다.

성준은 검을 꺼내 몬스터를 향해 달려들어 엄청 큰 풀 스윙을 했다. 성준의 강한 육체적인 능력치에 의해 세 마리의 몬스터가 동시에 반으로 갈라졌다. 스윙 상태로 뒤를 돌아본 성준은 어느새 장전해서 제일 가깝게 접근한 몬스터의 머리에 화살을 맞춘 하은을 보았다.

　"나이스!"

　성준은 입으로 감탄하면서 하은에게 달려들고 있는 몬스터를 향하여 능력을 사용해서 발을 굴렀다. 성준은 몬스터 두 마리와 충돌했다. 충돌할 때 칼을 앞으로 내밀고 있었던 성준은 한 마리를 바로 칼로 뚫어 없앨 수 있었고 다른 한 마리는 충돌에 의해 비틀거리다가 하은의 화살에 머리를 뚫렸다.

　문양은 다시 하나로 줄었다. 그리고 다른 몬스터가 등장했다. 아까보다 좀 더 크고 꼬리에 있는 독침에는 윤기가 흐르는 것 같았다.

　─사막 전갈 실험체 각성 버전.

　─1등급.

　─사막 지형 테스트를 위해 제조.

　─특이 능력 각성: 독 피부.

　─강점: 기본적인 독 공격 능력을 가지고 있다.

　─약점: 입체적인 이동에 취약하다.

성준은 분석 내용을 보고 긴장했다. 몸의 어디에도 스치면 안 되는 것이었다. 하은은 바로 화살을 쏘았다. 화살은 전갈 몬스터를 맞추고 튕겨져 나갔다. 이전의 몬스터보다 방어력이 많이 높아졌다.

검을 꺼내 간격을 잡고 조금씩 접근했다. 몬스터도 성준을 경계하며 반대쪽으로 이동했다. 서로 뒤를 잡으려는 모습처럼 보였다. 서로 한참을 경계하다가 성준이 슬쩍 칼이 닿을 정도로 가까이 가려고 했다. 그런데 그 직전, 몬스터의 선공이 시작되었다. 뒤쪽을 향해 있던 꼬리가 갑자기 성준의 머리를 향하여 내리꽂혔다.

능력으로 아슬아슬하게 꼬리를 파악한 성준은 급하게 머리를 피하면서 칼을 사선으로 대었다. 꼬리는 검에 의해 옆으로 흘렀다. 성준은 식은땀을 흘렸다. 방금 검을 대지 않았으면 어깨가 뚫렸을 것이다.

"후방 지원 좀 부탁해!"

성준은 하은에게 소리치고 바로 몬스터의 허리를 향해 영기가 물든 검을 휘둘렀다. 그리고 그 사이에 하은의 화살이 몬스터의 얼굴에 맞았다. 몬스터의 얼굴이 옆으로 돌아가는 순간 성준의 검이 몬스터의 허리를 잘라내고 있었다. 몬스터가 뒤늦게 반격하려고 했으나 성준이 먼저 허리를 끊어낼 수 있었다.

반으로 잘라진 몬스터는 연기가 되어 사라져 갔다. 성준은 얼른 바닥을 살펴보았다. 바닥에는 구슬이 반짝였다.

그때였다.

"맛있겠다!"

"맛있어 보여요."

둘 다 보았나 보다. 말해놓고 갸우뚱하는 두 사람을 보고 성준은 난감했다. 하지만 아직 싸움이 끝난 게 아니었다.

이번에는 두 마리의 몬스터가 나타났다. 엘리트 몬스터 두 마리였다. 성준은 보람에게 소리쳤다.

"이번은 힘들겠어요. 시간이 얼마 남았어요?"

"3분 정도요."

아까 견제하는 바람에 시간이 많이 간 것 같았다. 그래도 오히려 지금 상황에서는 다행이었다.

피부에 독이 있다는 내용에 몸통 충돌이라는 스킬 하나를 봉인하게 된 성준은 두 마리 다 간격에 넣고 견제하기 시작했다. 시간 내 깨는 것은 진작 포기했고 어떻게 하든지 시간을 보내는 것이 목표였다.

하은의 견제 덕분에 성준은 어느 정도 방어할 수가 있었다.

왼쪽 몬스터가 꼬리로 찍으면 그 옆의 몬스터로 돌아가 몬스터를 방패처럼 쓰고 방패가 된 몬스터가 화를 내면 슬쩍 칼로 꾹꾹 찔러서 움츠리게 했다. 두 마리 중 한 마리는 하은이 화살로 잘 견제하고 있었다.

잠시 그렇게 시간을 보내던 성준에게 위기가 찾아왔다. 몬스터가 서로 마주보더니 둘이 성준을 향해 달려들었다. 칼로 위협을 해도 그냥 몸통 공격이었다.

성준은 어쩔 수 없이 옆으로 피하면서 몬스터의 집게 하나를 영기로 만든 칼날로 끊어냈다. 그렇지만 그 상황에서 나머지 몬스터는 오히려 하은을 향하여 뛰어갔다.

성준은 이를 악물고 바로 능력을 사용해서 몬스터의 뒤로 날아갔다. 다행히 보람이 그 와중에 쇠뇌를 다리로 고정해 화살을 장전해서 몬스터에게 쏘았다. 몬스터는 얼굴을 맞아 움직임이 고정되었고 성준은 뒤에서 몬스터에게 검을 꽂았다.

그리고 시간이 되었다.

"아! 시간이."

성준의 한탄을 무시하고 문양이 환하게 빛났다. 성준이 눈을 감았다가 뜨자 광주 몬스터홀의 바닥이었다. 같이 이동한 두 여성은 잠시 정신을 못 차리다가 갑자기 무슨 생각이 들었는지 성준에게 급하게 다가가 초롱초롱한 눈으로 성준을 바라보았다.

"도대체 왜 그러는 거야. 보람 씨도 왜 그러는 겁니까?"

"아까 그 구슬요."

"그 구슬 도대체 뭐예요? 아니, 구슬 좀 보여줘요."

둘은 뭐에 홀린 사람처럼 매달렸다. 본인도 100이 되어서 구슬을 보았을 때의 본능적인 느낌을 알고 있었으니 어쩔 수 없었다.

쓴웃음을 짓고는 난감해하면서 구슬을 소환했다.

─영기보석 독 피부 레벨 1.
─레벨 1 영기 성장치 100 진입자를 레벨 2 독 피부 능력
검투사로 만듦.
─레벨 1 진입자와 레벨 2 검투사의 영기 성장치를 증가시
킴.
─적용 방법: 먹기.

구슬은 역시 1레벨 영기보석이었다. 구슬을 꺼내자 둘 다
침을 질질 흘렸다. 그녀들은 성준을 바라보며 애원했다.

"저 주세요. 부탁드려요."

"제발 저 주세요!"

둘 다 평상시라면 하지 않을 말을 했다. 나중에 기억하면
엄청 부끄러워할 것 같았다.

성준은 고민을 하다 결정했다.

그때였다. 갑자기 구슬을 든 손에 검이 혼자서 생성되었
다. 검과 겹쳐진 구슬은 검의 표면에 점점 녹아 들어갔다!

세 명은 깜짝 놀랐다. 특히 두 여성은 비명을 지를 듯이 놀
라 검을 빼앗으려고까지 했다.

검은 구슬을 흡수하면서 표면에 문양이 생겨나기 시작했
다. 조금 시간이 흐르자 희미하게 빛나는 문양이 새겨진 멋진

칼로 변해 있었다.

성준은 변해 버린 검에 능력을 사용해 보았다.

―발렌 제국 제식 장검―각성.

―영기 레벨 2.

―영기 성장치 0.

―영기 100.

―절단 강화 레벨 1, 독날 생성 레벨 1.

―코어 보석에 의해 각성된 검.

어느새 성장치가 100이 되었던 검이 레벨업을 해버렸다.

제4장
협력

MONSTER
HOLE

잠시 뒤 정신은 차린 두 여성은 호텔로 돌아오는 차 속에서
도 얼굴이 빨개져서 성준의 눈을 못 마주쳤다.

"아까 그건 이상했어요. 내가 그런 적이 없었는데."

"맞아요! 내가 물건을 달라고 빌다니! 아빠한테도 한 적이
없는데."

두 명의 변명을 뒤로 넘기면서 성준은 밖을 보면 고민에 잠
겼다.

몬스터홀에 도착해서 시간을 알아보니 저녁 9시가 넘었다.
대기하던 정부 요원에게 병력의 전멸과 본인들의 귀환을 알

렸다.

전멸 소식에 얼굴이 어두워진 요원은 잠시 전화하더니 승합차에 성준들을 싣고 광주에 와서 하룻밤을 잤던 호텔로 다시 갔다. 요원은 10시쯤 서울로 출발한다 말하고 돌아갔다.

"성준 씨, 고생하셨어요. 던전에서 고마웠어요."

"오빠, 잘 자요."

성준은 옆방으로 들어가면서 인사하는 둘에게 같이 인사하고 방에 들어왔다.

성준은 자기 전까지 기둥에 적힌 이야기와 앞으로의 일에 대해 고민을 계속했다.

다음 날, 세 명은 깔끔하고 단정한 모습으로 식사하기 위해 내려왔다. 방에 들어갈 때는 엄청 피곤한 모습이었지만 역시 회복력이 발군이었다.

식당에 들어가 뷔페 음식을 가득 담아서 자리에 모였다. 그들은 음식을 먹고 커피를 마시며 이야기했다.

"헤라나 애들 이야기는 들으셨어요?"

"돌아오기는 했나 봐. 그런데 어제 그 사람은 잘 모르는 눈치더라고."

하은의 질문에 성준도 잘은 모른다고 고개를 흔들었다.

"성준 씨는 어제부터 뭔가 심각하게 생각하시던데 무슨 문제 있으신 것은 아니죠?"

보람의 이야기에 성준은 고민하던 표정을 그만하고 보람

과 하은을 바라보았다.

"앞으로의 일을 좀 생각해 봤어."

하은도 자리를 바로 하고 성준의 이야기에 집중했다.

"나야 정부와 협상해서 전투에 참여하는 조건으로 약간의 돈을 받기는 했지만 둘은 아직도 특별한 수당은 없지?"

성준은 둘에게 물어보았다.

"생활비 조로 얼마 받고 있기는 하지만 얼마 안 돼요."

"맞아요. 아르바이트 하는 게 더 나을 정도예요."

"아마 이번에 우리가 기둥에서 발견한 글을 이야기하면 정부에서 우리를 더 활용하려고 할 거야. 이번에 들어간 곳은 일반 사람은 거의 생존이 불가능할 정도니까."

같이 들어간 군인. 특히 임 하사가 생각이나 세 명의 표정이 모두 안 좋아졌다.

"맞아요. 성준 오빠 없었으면 보람 언니나 저나 다 죽었을 걸요."

보람도 하은의 말에 고개를 끄덕였다.

"그 문제를 포함해서 이야기하는 거야."

"네?"

"어제 다들 정신이 없어서 넘어갔던 일 있지? 구슬."

"맞아요! 그거 이상해요."

하은과 보람은 당장 듣고 싶다는 표정이었다.

"우선 나는 첫 번째 숫자가 2야. 2레벨이지."

"정말요?"

하은과 보람은 깜짝 놀랐다. 성준은 이야기를 계속했다.

"중간 숫자가 100이 되면 구슬이 엄청 먹고 싶어져. 둘의 어제 행동이 이상했던 것이 그것 때문이야."

'이놈도 먹고 싶어서 혼자 등장한 건가?'

성준은 손목의 검 마크를 슬쩍 보았다.

"그리고 구슬을 먹으면 맨 위의 숫자가 2로 바뀌고 구슬을 남긴 몬스터의 능력이랄까 기술이랄까, 그런 것이 자신에게 생겨. 나 같은 경우는 어제 둘을 잡고 뛰어다녔던 것이 그 기술이야. 여의도에서 잡은 몬스터의 능력이야."

"와! 그게 그거였구나. 엄청 신기했었는데."

"우리가 이번에 들어간 던전은 적어도 2레벨은 되어야지 생존이 가능한 것 같아. 그리고 시간제한 안에 해결하는 것도 그렇고, 보스인가를 잡으려면 강한 귀환자들을 모두 모아야 할 것 같아."

"응, 맞아요."

"하지만 이대로 있으면 정부에게 계속 끌려 다닐 것 같아. 내가 협상해 보았는데 혼자는 힘을 발휘할 수가 없어."

"아하!"

"엥? 언니는 안 것 같네?"

보람은 성준에게 자신의 생각을 말했다.

"조합이죠?"

"맞아, 귀환자 조합을 만들어야 할 것 같아. 정부하고 협상하기 위해서는."

성준들은 고속철을 타고 바로 서울에 도착해 병원으로 직행했다. 병원에 도착하자 하은은 친구들을 껴안고 울음을 터트렸다. 하은의 친구는 이제 혜라를 포함해서 2명밖에는 남지 않았다.

성준이 이제는 귀환자 모임 장소가 되어버린 휴게실을 둘러보았다. 사람들이 많이 안 보였다. 하은이 친구들은 물론 호영쪽 여자도 한 명 밖에는 안 보였다. 그래도 양궁소녀들은 무사해 보였다.

한쪽에 있는 남자들은 다들 무사해 보였다. 하지만 사이가 엄청 안 좋아 보였다.

성준은 어리둥절해서 호영에게 인사를 하고 어떻게 된 일인지 물어보았다.

"어떻게 된 거예요? 여자분들이 많이 안 보여요."

호영은 성준에게 던전에서 있었던 일을 이야기해 주었다.

남자들이 귀환하고 호영과 재식은 여자들에게 돌아온 일.

원래대로 생성된 몬스터들을 모두 제거하면서 여자들에게 왔지만 하나 있는 엘리트 몬스터는 도대체 잡을 방법이 없어 겨우 방패로 버티며 왔단다.

그리고 여자들을 데리고 엘리트 몬스터를 막으면서 지나

간 일. 모두 무기를 들고 싸웠지만 거기서 인원의 반이 죽었던 것이었다. 호영과 재식이 어떻게 막아보려고 노력했지만 본인들 살기도 벅찬 상황이었다. 그래도 여고생들의 도움으로 겨우 반을 살려서 귀환석에 도착했고 그 인원이 모두 돌아온 것이다.

성준은 한숨을 내쉬고 남자들을 돌아보았다. 그래도 미안한지 따로 모여서 시선을 피하고 있었다.

"길 팀장은 어디 갔나요? 길 팀장만 안보이네요."

"그 인간 무슨 회의 있다고 우리 돌아오기 전부터 정부 쪽 사람들하고 돌아다니더라."

"그래요?"

성준이 살아남은 사람들과 이야기를 하고 있는데 길 팀장과 조 단장이 들어왔다. 조 단장은 성준을 보자 반가워했다. 이곳에 모든 사람이 있는 것을 확인한 두 사람은 휴게실 앞에 섰다.

조 단장이 나와서 이야기했다.

"모두들 고생하고 힘드셨을 겁니다. 감사하고 위로를 드립니다. 그리고 성준 씨와 보람 씨, 하은 씨도 수고하셨습니다. 광주 던전의 일은 좀 있다가 듣기로 하죠."

길 팀장이 조 단장에게 양해를 앞으로 나섰다.

"우선 저희들이 여러분을 남겨놓고 먼저 나와서 정말 죄송합니다. 일행을 대표해서 제가 사과드리겠습니다."

길 팀장은 머리를 깊게 숙이고 잠시 있다가 고개를 들었다.

"나중에 따로 더 사과드리겠습니다. 우선 말씀드릴 것이 있어서 이곳에 섰습니다. 여러분들이 돌아오기 전에 먼저 돌아온 저희들은 따로 모여 이야기를 했습니다. 개인적으로 상대하기에는 정부와의 대응에 혼선이 생기므로 하나로 합치자고 이야기했습니다. 그래서 정부와 관계가 있으신 저희 아버님께 도움을 구해 작은 법인을 하나 세워서 그 법인을 통해 대응하기로 했습니다. 정부는 회사가 대응하고 회사가 직원, 아니 주식을 어느 정도 공유하기로 했으니 주주들이지요. 회사가 주주를 보호하는 방법으로 하기로 했습니다."

잠시 눈치를 보던 길 팀장이 본격적으로 조건을 제시했다.

"우선 일 차 협상 내용은 모든 귀환자가 집으로 귀가하는 것과 몬스터홀 1회 진입 시 300만 원을 받는 것으로 했습니다. 회사 운영비등이 빠지겠지만 연봉으로 억대가 나올 것입니다."

성준은 속으로 좀 웃었다. 정부가 성준에게 처음으로 제시한 금액이었다.

남자들을 제외한 다른 사람들은 좀 별로인 표정이었다.

"어차피 안에서 죽어버리면 끝이잖아요. 이렇게 위험한데."

헤라가 일어나서 길 팀장에게 반론을 던졌다.

"이번에 던전을 돌파하면서 좋은 경험을 했습니다. 그 동안 모든 몬스터를 다 죽이려고 노력했지만 그럴 필요는 없습니다. 어차피 귀환석으로 돌아오면 되기 때문에 위험한 몬스터만 피하면 충분히 생존 확률을 높일 수 있습니다."

길 팀장의 이야기에 몇몇 사람은 혼란스러운 표정이었다.

"어차피 몬스터홀에 들어가야 하지 않습니까? 저희들은 모두 합의했습니다. 다른 분들도 같이하시는 편이 여러분을 위해 좋습니다. 저희들만 해도 되었지만 여러분을 위해 같이 하고자 이렇게 이야기하는 것입니다."

분위기가 슬슬 넘어오자 길성태는 마음속으로 미소를 지었다.

그때 성준이 손을 들었다.

"이제 사람들과 만났습니다. 이번 것도 포함해서 저희들끼리 좀 이야기했으면 합니다."

사람들은 성준의 이야기에 고개를 끄덕였고 길 팀장은 아쉬움에 뒤로 물러섰다.

"바로 결정하라고 말씀 드린 것은 아니었습니다. 다음 몬스터홀 진입 전에 결정하시면 됩니다."

그렇게 휴게실의 일은 끝났다. 성준은 사람들을 이끌고 자신의 병실로 들어갔다. 사람들은 어리둥절하면서 성준을 따라갔다.

11명의 인원이 들어오자 꽤 큰 병실이 상당히 좁게 느껴졌다. 사람들은 침대에 앉고 보조침대나 의자에 앉았다. 성준은 반대편 벽에 서서 사람들을 바라봤다.

"이렇게 좁은 곳으로 모이라고 해서 죄송합니다."

성준은 뒤를 돌아 거울을 바라봤다. 그리고 거울을 보고 말했다.

"이제 개인적인 이야기를 할 테니 감시 장비는 모두 제거하겠습니다. 이야기 후에 직접 찾아갈 테니 오실 필요는 없습니다."

성준은 그 전부터 파악해 놓은 거울의 감시카메라, 방 곳곳에 있는 도청기 등을 모두 꺼내 그 자리에서 파괴했다.

사람들은 모두 놀랐다.

"이 방에 있는 감시 장비는 파악이 다 끝났습니다. 그래서 여러분을 제 병실로 부른 겁니다. 그리고 제 말을 잠시만 들어주시기 바랍니다."

그리고 성준은 이번에 들어갔던 던전 이야기, 기둥에 남아있던 글들, 하은 등에게 말한 레벨과 구슬 이야기를 해주었다.

"특히 던전 난이도가 상승했습니다. 이대로 저희도 강해지지 않으면 길 팀장의 말과는 다르게 살아나기 힘듭니다."

모두 입을 딱 벌리고 놀라워했다.

"여러분께 말씀드리고 싶은 것은 저희도 조합을 만들자는 겁니다. 정부와의 대응은 길 팀장의 말처럼 여러 명의 힘이 필요합니다. 길 팀장이 선수를 쳤으니 오히려 이 기회를 이용하면 될 것 같습니다. 저희가 만드는 조합은 던전 유지를 위한 귀환석까지의 이동이 목표가 아니라, 힘을 합쳐서 생존율을 높이고 최종적으로는 보스의 격파가 목표입니다."

성준은 뼈 있는 말로 이야기를 마쳤다.

"뭐, 그쪽 사람들을 신뢰하기도 힘들고요."

사람들은 서로 한참이나 이야기했다.

그리고 성준은 호영, 보람과 함께 면회실에서 조 단장을 만났다.

"감시 장비 건은 죄송합니다. 다른 말은 드릴 것이 없네요."

조 단장은 바로 사과했다. 성준은 괜찮다고 손을 흔들었다.

"상관없습니다. 그보다 다른 이야기를 하죠."

"네. 여러 명이 오셨다는 것은 무슨 결정이 있으신 모양이군요."

성준은 계속 대표로 이야기했다.

"저희는 여러 가지 문제로 길 팀장과 같이 움직이기 힘듭니다. 저희들끼리 따로 귀환자 조합을 만들기로 했습니다."

"귀환자 회사와 조합이라… 작은 인원에 벌써 2개의 조직이 생기는군요."

조 단장을 씁쓸해했다.

"우선 제가 이야기해 드릴 것이 있습니다. 다 듣고 위에 전달해 주십시오."

성준은 방에서 한 이야기를 몇 가지를 제외하고 다 이야기해 주었다.

성준은 놀라서 눈이 커다랗게 변한 조 단장에게 마지막으로 이야기했다.

"저희 조합이 몬스터홀을 제거해 드리겠습니다. 몬스터홀 한 곳당 얼마까지 주실 수 있으시겠습니까?"

＊   ＊   ＊

"예비비가 거의 바닥입니다."

"여의도가 박살 나면서 재난 복구 예산으로 예비비를 다 돌려도 모자랍니다. 추가 예산을 편성해야 하는데 지금 경제가 최악이라서 문제가 큽니다."

"어제 가져온 귀환자 횟수당 300만 원 지원 건도 지금 몬스터홀이 있는 지자체에 돌릴까 생각하고 있습니다."

대통령 집무실에 모여 있는 사람들은 모두 얼굴이 검게 죽은 상태였다. 연이어 터지는 사고에 몸과 정신이 지쳐 있는 상황이었다. 여의도 사태 이후 아직도 복구는 엄두도 못 내고 있었다. 보상만 처리하는 데도 시간이 부족했다.

"그래도 어떻게 하던지 짜 맞추어야 해요. 돈 나올 구멍은 쥐어짜고 돈 샐 구멍은 틀어막아서 어떻게 하던지 버텨봅시다. 안 그러면 몬스터홀로 망하기 전에 정부가 부도나게 생겼어요."

그래도 현상 유지는 잘하는 편이라는 칭찬을 듣고 있는 이번 대통령은 몬스터홀이라는 대재앙을 맞아 선방하는 중이었다.

이번 몬스터홀 외부 던전화로 수도에 직격을 받은 개발도상국 하나는 모라토리움(국가 부도)를 선언하려고 하는 모양이었다.

"하지만 이렇게 해봤자 답이 없기는 마찬가지입니다. 벌써 8개째입니다. 이런 속도로 늘어간다면 얼마 지나지 않아 국가로서 기능하지 못할 확률이 높습니다."

"방법을 찾아야 하는데… 수습할 시간도 없으니 난감하군요. 국정원장은 아직 안 왔나요? 새로운 정보라도 있었으면 좋겠는데."

"같이 오다가 전화 한 통을 받더니 바로 뛰어나가 버리더군요."

"그래요? 좋은 소식이면 좋겠는데요."

그때, 노크 소리가 들리며 국정원장이 들어왔다. 들어온 국정원장은 바로 대통령에게 말했다.

"대통령님, 독대가 필요합니다."

대통령은 그 말에 잠시 국정원장을 바라보고 집무실에 있는 사람을 모두 내보냈다.

"좋은 이야기였으면 좋겠는데요."

"가시가 하나 나 있는 좋은 이야기입니다."

국정원장은 바로 보고했다.

귀환자들이 새로운 형태의 던전을 발견한 일, 그리고 그곳에서 발견한 글 내용과 귀환자의 레벨 성장 등을 대통령에게 이야기했다.

"그리고 귀환자 일부가 조합을 만들어 자신들이 던전을 정복해 몬스터홀을 제거하겠다고 합니다."

"엄청 대단한 이야기잖아요. 이건 정말 감사해야 돼요."

대통령의 얼굴에 화색이 돌았다.

"그런데 가시는 뭐죠?"

"조합이 몬스터홀을 제거하는 데 정부가 처리 비용을 내주기를 원합니다."

"그럼요. 그런 대단한 일을 하는데 당연히 줘야죠. 얼마를 원하나요?"

아직도 대통령의 얼굴은 가벼웠다.

"그 조합에서 정부에 금액을 제시하랍니다. 이야기를 전하는 저희 요원 말로는 조합장이 정부에 적대적 감정이 있는 사람으로 많은 돈을 원하는 것 같더랍니다. 아주 많은 돈을……."

바로 모든 담당자가 소환됐다.

*   *   *

조합을 만든 다음 날, 성준은 조합 일로 조 단장의 면담 요청을 받았다. 성준은 다시 호영, 보람과 함께 조 단장을 만나러 갔다.

조 단장은 저번에 보았던 멋진 중년의 공무원과 같이 있었다.

"또 뵙는군요."

성준은 인사를 했다.

"두 분은 처음 뵙는군요. 양희문입니다."

"안녕하세요."

양 국장은 보람과 호영에게 인사를 했다.

"우선 어제 이야기는 대통령님께 보고되었습니다. 그리고 그것에 대한 협상안을 제가 가지고 왔습니다."

성준들은 조용히 이야기가 계속되기를 기다렸다.

"정부는 다른 귀환자와의 형평성에 맞춰서 몬스터홀의 진입 동행에 300만 원, 그리고 만약 진입한 분들이 있을 때 몬스터홀이 사라지면 진입한 분들에게 20억씩 지급하겠습니다."

보람과 호영은 어처구니가 없어했고 성준은 바로 감각을 활성화했다.

—내려다보는 시선.
—눈동자의 방향이 허공. 지루해하는 눈.
—자세가 미세하게 흐트러짐.

'협상이 깨지기를 원한다? 아니 의미 없는 협상이다?'

"정부에서는 결국 우리의 실력을 믿지 못하는 모양이군요. 아님 본인들이 가능하다고 생각했던지."

양 국장은 바로 핵심을 찔렸는지 움찔했다. 잠깐 생각을 정리하더니 어느 정도 속 이야기를 했다.

"실적이 필요합니다. 현재는 살아 돌아온 횟수도 길성태 씨 회사 소속으로 되어 있는 귀환자들과 다를 바가 없고 본인들이 강하다는 이야기도 본인들 말밖에는 없습니다. 여러분이 우선 한곳이라도 몬스터홀을 제거할 수 있다는 것을 보여주면 정부도 여러분과 다시 협상할 것입니다."

"그럼 여기서 협상이 깨지면 어떻게 되는 것이죠?"

"정부에서 지정하는 던전에 진입하면 300만 원을 지급해 드리겠습니다. 그래야 형평성에 맞으니까요."

"협상이 깨지든 말든 별 차이가 없군요."

"협상이 되면 몬스터홀을 제거하면 20억씩을 드리지요."

옆에서 보던 보람과 호영의 얼굴이 안 좋아졌다. 이건 상당히 안 좋은 상황이었다. 정부가 신뢰를 안 하니 다른 방법이 없었다. 실적을 보여 주려면 정말 몬스터홀을 제거해야만 하는 형편이었다.

"외국과 계약할 수도 있습니다."

"그들도 바로는 못 믿을 겁니다. 해외에 나가기도 쉽지 않을 거구요."

양 국장은 살짝 협박도 섞었다.

성준은 양 국장을 바라보던 눈을 조 단장에게 옮겼다. 감각의 활성화를 사용하는 중이어서 조 단장의 표정이 느껴졌다.

—아쉬움.
—실망.
—걱정.
—신뢰.

'조 단장은 우리를 믿는 모양이군.'

"저희들끼리 우선 이야기 좀 해보겠습니다."

"알겠습니다. 저는 모두 이야기했으니 나머지 결과는 조 단장에게 이야기하시면 됩니다."

양 국장은 바로 인사하고 밖으로 나갔다.

"죄송합니다. 정부 일이 결과 중심이라서 항상 이렇군요."

"어떻게 해요?"

"아, 잠시만요."

성준은 아쉬워하는 소리를 하는 보람을 잠깐 멈춘 뒤 감각의 활성화를 사용해서 주위를 둘러보았다.

"그 일 이후 도청 장치는 다 떼었습니다. 걱정 안 하셔도 돼요."

조 단장이 성준이 둘러보는 것을 보고 이야기했다. 성준이 확인하기에도 도청기가 있을 만한 자리에는 흔적만이 있었다.

성준은 조 단장에게 말했다.

"단장님은 저희가 던전을 없앨 수 있다고 믿으시는 것 같군요."

"제가 이쪽에 오래 굴러서 대충은 사람 볼 줄은 알죠. 성준 씨 팀이 없으면 방법이 없어 보이기는 하는데… 뭐 확률로 따지면 50% 이상? 그 정도로 생각해요. 그래서 상당히 아쉽죠. 이렇게 되었으니 의욕을 잃을 텐데……."

조 단장이 상당히 아쉬운지 속 이야기를 했다.

성준은 조 단장의 눈을 바라보면서 진지하게 이야기했다.

"저희를 신뢰한다면 사람 좀 소개시켜 주시겠습니까? 저한테 준 서류를 보니 발이 상당히 넓으신 것 같던데요."

조 단장은 머리를 갸우뚱했다.

"사람요? 지금 상황에 도움이 될 만한 사람은 없을 텐데요."

"정부가 신뢰할 때까지 후원자가 필요합니다. 땅 좋아하고 돈 많은 사람. 혹은 몬스터홀 근처에 땅이 많은 사람이 필요합니다."

"네? 땅이요? 아하!"

조 단장의 얼굴이 밝아지더니 고개를 끄덕였다.

"아마 몇 명 있을 거예요. 흠, 그런 쪽으로는 생각을 못했네요. 찾아보죠."

조 단장은 성준과 악수를 하고 바로 밖으로 나갔다.

그날은 집으로 돌아가는 날이었다. 모두 집에 돌아가기 전에 성준은 조합 사람들과 휴게실에 모여 정부와의 협상에 대한 결과를 보고했다.

"이렇게 해서 정부와는 그 상태로 협상하기로 했습니다. 그리고 조 단장님을 통해서 몇 사람과 만나볼 생각입니다."

사람들은 모두 정부의 행동에 화를 냈고 성준의 대응에 고개를 끄덕였다.

"저도 아는 분 있는데 알아볼까요?"

"나도 어르신에게 말해볼까?"

헤라와 호영이 차례로 이야기했다.

"우선 조 단장님이 소개해 주시기로 한 분하고 이야기해 보도록 할게요. 한 분하고만 이야기가 잘되면 됩니다."

그들은 이틀 뒤 병원에 모여 앞으로의 일을 정하기로 했다. 그리고 서로 인사하고 자신들의 집으로 돌아갔다.

집에서 가족의 따뜻한 환대를 받고 쉬던 성준은 조 단장의 전화를 받았다.

　"내일 12시에 성북동에 있는 한식집이요? 네 알겠습니다."

　성준은 약속을 잡고 핸드폰으로 이천만 원이 넘게 들어 있는 통장을 확인했다. 옷장의 양복을 몸에 맞추자 역시 차이가 컸다.

　"살이 엄청 빠졌구나."

　몬스터홀을 다니면서 살이 엄청 빠진 상태였다. 성준은 바로 신발을 신고 근처의 아울렛 매장에 갔다.

　성준은 아무 생각 없이 좋아 보이는 매장에 들어가 가격을 물어보았다.

　"이거 얼마예요?"

　여직원은 성준은 위아래로 보더니 무덤덤하게 말했다.

　"200만 원이요."

　성준은 당연히 움찔했다. 엄청 비쌌다. 여직원은 움찔하는 성준의 모습에 피식 웃더니 딴 일을 하려고 몸을 돌렸다.

　"잠시만요. 기다려요."

　성준은 카드로 호쾌하게 지불하고 정장을 구입했다.

　"부자하고 만나잖아. 잘 산거야, 암."

　성준은 중얼중얼 되뇌면서 집을 돌아갔다.

성준은 다음 날 새로 산 양복을 입었다. 동생이 옷을 보더니 아르마니라면서 화들짝 놀란다. 성준은 놀란 동생의 얼굴을 보고 옷값은 했다고 생각했다.

그리고 시간보다 조금 일찍 음식점에 도착했다.

종업원의 안내를 따라 들어간 방에는 조 단장과 양복을 입은 나이 지긋한 노인이 앉아 있었다. 상당히 점잖은 얼굴로 보였다.

"어서 앉아요. 김재창 회장님이에요."

"안녕하십니까. 최성준입니다."

"잘생긴 젊은이구만."

"감사합니다."

김 회장의 덕담에 성준은 자리에 앉으며 감사를 표했다.

"그래, 댁이 나를 보자고 했다면서."

"네. 혹시 이야기는 어디까지 들으셨는지 알 수 있을까요?"

"조금 들었네만 다시 해주게나. 자네 입으로 들으면 좀 더 좋겠어."

성준은 일의 처음부터 김 회장에게 이야기해 주었다. 거의 30분은 이야기를 한 것 같았다. 모든 이야기를 듣고 김 회장은 식탁을 손가락 끝으로 두드렸다.

"알겠네. 우선 식사를 하고 마저 이야기하지."

두드리던 손가락을 멈추고 김 회장은 식사를 하자고 했다.

조금 뜬금없었지만 성준은 김 회장과 같이 식사를 했다. 옆에서 조 단장이 안도의 한숨을 내쉬었다.

식사를 마치고 차를 마시면서 김 회장은 말했다.

"나는 이야기를 계속할 사람하고만 식사를 하는 습관이 있어. 그래서 저 조우혁이가 한숨을 내쉬었던 거지."

"네."

성준도 안도의 한숨을 쉬었다.

"이야기는 잘 들었네. 무섭지만 꽤 재미있는 모험담이야. 뭐, 그건 우리 이야기랑 관련이 없으니 본론으로 돌아가서 필요한 것과 원하는 보상을 이야기해 보게. 최대한 지원하지."

김 회장은 속이 상하는지 물은 한 잔 마시더니 다시 이야기했다.

"지금 여의도에 있는 내 재산 절반이 쓰레기가 되었어. 그 꼴은 못 보지. 어차피 보상이야 미리 땅 좀 더 사놓으면 되니까 큰 무리가 없으면 지원하지."

"네, 감사합니다."

성준은 고개를 숙였다.

*　　　　*　　　　*

다음 날, 성준은 같은 조합원이 된 귀환자들과 병원 휴게실에서 만났다. 그들은 모두 텔레비전을 뚫어져라 보고 있었다.

"다들 정신없이 무엇을 보는 거야?"

성준은 휴게실에 들어가면서 입구에 서 있는 하은에게 물어보았다.

"아, 왔어요? 아까부터 텔레비전에 길성태 씨가 계속 나오고 있어요. 아, 또 나온다."

성준은 다시 텔레비전을 보았다. 화면에서는 길성태가 수십 개의 마이크를 앞에 두고 있었다.

[저희 귀환자가 모여 만든 은성 프로젝션은 오늘 두 곳의 몬스터홀을 안전하게 연장시켰습니다. 몬스터홀의 주변 분들은 안심하시기 바랍니다. 정부와 저희 회사는 생명을 걸고 절대로 여러분의 주위에 던전이 발생하지 않도록 하겠습니다. 몬스터와의 전투에 피곤해서 이만 마치겠습니다.]

길성태가 인사를 하자 화면에는 카메라 플래시가 번쩍이고 기자의 고함 소리가 크게 울렸다.

"젠장, 몇 번이나 틀어대는 거냐."

호영이 성질을 부리면서 채널을 돌렸지만 다른 곳도 다 관련 뉴스가 방송되고 있었다.

[이번 발표로 여의도를 제외한 다른 지역의 몬스터홀 주변

시민들의 이탈이 과연 얼마나 줄어들지 관계자들의…….]

[이번 발표로 인해 은성 계열사 주식 모두가 바로 상한가를 치고 있습니다. 주식시장이 최악을 달리고 있는 와중에 엄청난 호재가 터진 것입니다. 이번에…….]

어느새 옆에 온 보람이 성준에게 이야기했다.

"길 팀장은 이런 쪽으로는 정말 대단한 것 같아요. 길 팀장이 정부한테 왜 그 적은 금액을 받고 돈도 안 되는 회사를 만드나 했더니 광고용이었네요."

"이렇게 분위기를 만들고 다시 정부와 재협상을 하겠지. 정부 대 회사로."

그때 성준의 핸드폰에 전화가 걸려왔다. 보람에게 양해를 구하고 전화를 받았다.

"잠시만요. 조 단장이네요."

성준은 조 단장의 전화를 받았다. 잠시 심각하게 전화를 받더니 감사해하면서 전화를 끊었다.

"네, 알려주셔서 감사합니다. 저희 조합 몬스터홀 진입 때 뵙죠."

"무슨 내용이에요?"

옆에서 전화하는 성준을 보던 하은이 궁금한지 물어보았다.

"길성태 쪽 몬스터홀 다녀온 이야기. 사망자가 10명 정도, 귀환자도 한 명 죽고……."

"세상에……."

하은과 보람은 놀라서 손으로 입을 가렸다.

"이상한데요? 조 단장이 먼저 나서서 이야기해 주고."

잠시 뒤 보람이 고개를 갸우뚱하면서 이야기했다.

"이제 김 회장을 소개해 준 것으로 본인도 한 다리 걸치고 있으니 그렇지. 정부가 우리 쪽과 대화하기 위해 남겨놓은 걸 수도 있고."

하은과 보람이 고개를 끄덕였다.

성준은 텔레비전 앞으로 나가면서 사람들에게 이야기했다.

"이제 텔레비전은 끄고 잠시 집중해 주세요."

성준은 앞에 서서 주위를 둘러보았다. 기대하며 보는 사람, 걱정스럽게 보는 사람. 다양한 표정이 눈앞에 보였다. 성준은 우선 안부를 물어보았다.

"다들 집에서 잘 쉬다 왔나요?"

"오랜만에 푹 자다 왔어요."

"저는 친구들 만났어요."

"저흰 친구 만나러 시내에 나갔다가 사인만 왕창했어요."

"역시 스타 양궁 소녀들!"

다들 쉬었다고 하는데 텔레비전에 나온 그녀들은 피곤한

얼굴들이었다.

모두의 눈이 하은에게 향했다.

"전 선글라스 끼고 다녔어요. 창피해서 어떻게 다녀요. 친구들부터 가슴 이야기만 하더라고요."

모두가 자신을 바라보자 손을 흔들면서 하은이 투덜거렸다.

"엄마가 저만 보면 걱정돼서 울어요. 오히려 위로해 드렸죠."

"그거야 다들 그렇지 뭐."

혜라의 마지막 말에 다들 분위기가 가라앉았다. 자신들은 잘 이겨내고 있지만 가족들에게는 사선으로 떠나는 모습으로 비추어진 것이었다.

"그래도 참 신기해요. 예전 같았으면 자살이라도 할 텐데. 이렇게 멀쩡할 리가 없거든요?"

다들 호영 옆에 앉아 있는 아가씨의 말에 고개를 끄덕였다. 성준은 군대를 포함한 경험이 있어서 잘 모르겠지만 다른 사람은 모두 몬스터홀에 들어가서부터 자신이 달라졌다는 것을 느끼고 있었다.

"다행이죠. 안 그랬으면 이번에 절대로 살아나지 못했어요."

혜라가 굳은 표정으로 말했다. 마지막 던전에서 친구가 죽어가는 모습을 보면서 몬스터와 싸웠던 생각을 하는 모양이었다.

"자. 이제 공식적인 이야기를 하죠."

성준은 분위기를 환기시켰다.

"우선 어제 만난 김 회장님과 한 이야기를 말씀드리겠습니다."

"저, 성준 오빠. 우선 하나만 물어봐도 돼요?"

여고생 중 제일 활달한 미리가 손을 들고 성준에게 질문했다.

"아, 네. 궁금한 게 뭔가요?"

"저, 아직도 정부 사람이 제안한 것이 뭐가 문제인지, 그리고 후원자가 꼭 필요한지 잘 모르겠거든요. 20억이면 엄청 큰 돈이잖아요. 다들 작다고 하는데 잘 모르겠어요."

성준은 사람들 전체에 다시 설명했다.

"우선 정부가 제안한 것 중 몬스터홀을 제거하면 준다는 일 인당 20억은 저희랑 계약하는 금액이 아닌 상금입니다. 그날 정부 쪽 사람 말에 의하면 몬스터홀이 제거되는 순간 진입해 있는 사람 모두에게 각각 준다고 했습니다."

성준은 주위를 둘러보며 사람들을 집중시키고 말을 이었다.

"제 생각에는 몬스터홀 제거 방법을 공표하면서 같이 발표할 것으로 생각됩니다. 우리랑 아무 상관이 없지요."

성준은 미리를 바라보고 말했다.

"실제적으로 우리한테 제시한 것은 몬스터홀 진입 시 받는 300만 원, 이것 밖에는 없는 것입니다. 모두 우리가 정부에게 신뢰를 받지 못하거나 아님 정부 쪽에서 자신들끼리 성공할 자신이 있기 때문이죠."

그 뒤는 보람이 말을 이었다.

"그리고 금액이 너무 적어요. 그건 그냥 아무나 할 수 있을 때 주는 하청 금액이에요. 성준 씨 등이 있는데 말도 안 돼요. 만약 우리만이 몬스터홀을 제거할 수 있다고 증명되면 5배, 그 이상도 받을 수 있을 걸요?"

성준이 다시 말을 받았다.

"게다가 몬스터홀을 쫓아 다니면서 막다 보면 능력을 성장시켜서 몬스터홀 제거하는 일은 꿈도 못 꿉니다."

그리고 잠시 목을 가다듬고 말했다.

"그래서 후원자가 필요했습니다. 우리가 몬스터홀을 제거할 때까지 필요한 자금을 지원할 사람. 그리고 몬스터홀을 제거하면 충분한 보상을 줄 수 있는 사람이지요."

마지막으로 성준은 모두를 다시 바라보고 말했다.

"혹시 몬스터홀 제거 시에 정부가 딴소리를 할 경우 우리에게는 새로운 대안이 생기는 것이지요. 경우에 따라서는 앞으로 정부의 상금은 전혀 신경 안 쓸 수도 있을 겁니다."

성준은 미리를 바라보았다.

"이해됐어요?"

"네."

성준은 다시 모두에게 이야기했다.

"김 회장님과 어제 1차로 계약 조건을 협의했습니다. 김 회장님의 전폭적인 지원을 약속 받았습니다. 따로 세부 사항은 조절해야 하겠지만, 우선."

성준은 목이 좀 칼칼했다.

"1차로 운영비로 10억을 받기로 했습니다. 오늘 2억 원을 제 통장으로 넣어주셨습니다. 조합 통장이 만들어지면 운영비로 쓰고 남은 금액은 이체하겠습니다. 조합 구성이 끝나면 8억을 지급해 주신다고 합니다. 투자 개념입니다. 이 돈은 조합 운영비, 장비 구입비, 여러분의 생활비 등으로 지급될 것입니다. 그리고 몬스터홀 제거 보상은 천억으로 이야기되었습니다."

"와~!"

다들 엄청난 금액에 놀랐다.

"김 회장님 말씀으로는 몬스터홀이 제거되기 전에 주변 부동산을 300억 정도 사 놓으면 오히려 이득이랍니다."

부자의 패기에 모두 질린 표정이었다.

"대신 저희는 여의도 몬스터홀 공략에 집중해야 합니다. 그리고 이 이야기는 모두 비밀로 하셔야 합니다. 김 회장님의 요청이었습니다."

모두 이해한다는 표정이었다. 성준은 이 기회에 일을 진행하기로 했다.

"지금 이렇게 모였으니 조합 문제를 빨리 처리하죠."

모두 고개를 끄덕였다.

"우선 회장을 뽑아야 하는데 누구 추천이나 본인이 하실 분 있나요?"

다들 어리둥절한 표정이었다.

"다들 표정이 왜 그래요?"

"성준 씨가 회장인 것 아니었나요?"

"맞아요. 다들 그렇게 알고 있는데요."

성준은 깜짝 놀라 말했다.

"네? 우선 사정이 급하게 돌아가서 제가 처리한 것이지 제대로 뽑아야죠."

다들 서로를 쳐다보았다. 그때 호영이 나서서 사람들에게 물어보았다.

"여기 중에 성준이 회장하는데 반대하는 사람 손들어."

아무도 안 들었다.

"그럼 찬성하는 사람 손들어."

모두가 손을 들었다.

"자, 축하 박수!"

호영의 말에 모두 박수를 쳤다.

"와! 축하해요. 짝짝."

"회장 최성준, 축하!"

성준은 어이가 없어서 한숨을 내쉬었다.

"우선 임시로 제가 하다가 우리 사무실에서 제대로 총회를 열어 뽑죠."

"사무실?"

성준의 말에 호영이 반문했다.

"김 회장님이 쓰라고 하셨습니다. 사람들이 다 퇴거해서 빈 사무실이래요. 사무실 집기가 다 있으니 몸만 가면 된대요. 여의도 사태 때문에 비었답니다. 한 100평 되나 봐요. 위에 헬스클럽도 같이 쓰면 된대요."

성준은 사람들을 둘러보며 물어보았다.

"몬스터홀 무서워서 근처에 못 가시는 분은 없죠?"

모두 기분 좋게 웃었다.

"하하하."

그날 모두는 병원에서 마지막 인사를 하고 집으로 돌아갔다.

다음 날 성준은 여의도역 근처에 위치한 현대적인 30층짜리 건물을 볼 수 있었다.

"돈 정말 많네. 이런 건물이 한두 채가 아니란 말이지."

눈앞에 보이는 장엄한 건물의 주인이 생각나 성준은 감탄하고 말았다. 주위에 오가는 차도 거의 없고 지나가는 사람도 거의 없었다. 그 동안 어느 정도 보수했는지 거리 자체는 깨끗했다.

"몬스터홀만 없애면 여기도 다시 북적이겠지."

성준은 혼자 마음을 잡고 조합의 사무실로 들어갔다.

"성준 오빠가 제일 늦었어요."

사무실의 한쪽 휴게실에 모두가 모여서 커피를 마시고 있었다. 하은이 성준을 향해 손을 흔들었다.

"모두들 빨리 왔네."

"사무실이 궁금해서 왔어요. 엄청 예뻐요."

"위에 헬스클럽도 엄청 커요."

"사람만 좀 있으면 좋겠는데……."

다들 사람이 없는 것을 제외하고는 만족하는 분위기였다.

"우리들이 있기는 사람이 없는 편이 좋아요. 유명한 사람도 있고."

성준의 눈이 여고생들과 하은에게 향했다.

"그리고 기본적인 청소나 정리는 해주시는 분은 있으니까 다른 것들은 차근차근 정해 가면 될 거예요. 그런 의미에서 총회합시다."

"네?"

"빨리 조합 등록해야 돼요. 안 그러면 유령 조합으로 곤란해져요. 여기서 하죠."

성준은 빨리 처리하려고 했다. 오늘은 무척 바쁘게 움직여야 했다.

"우선 회장 추천."

성준의 말에 모두의 손은 성준을 가리켰다.

"그럼 가부 투표를 하죠."

성준은 한숨을 내쉬고 공책 하나를 찢어 투표를 했다. 당연히 만장일치였다. 주위에서 취임사를 하라는 소란에 성준은 자리에서 일어나 한마디를 했다.

"모두 감사합니다. 우리 모두 살아남을 수 있도록 최선을 다하겠습니다."

성준은 고개를 숙였다.

"에게, 이게 끝이에요? 너무 짧다."

사람들의 투덜거림에 성준은 바로 이야기했다.

"나머지 임원은 추후에 뽑기로 하고 우선 회장으로서 일정을 이야기하겠습니다."

성준은 말을 이었다.

"저희는 내일 여의도 몬스터홀에 들어갑니다. 모든 준비는 조 단장님이 도와주셔서 오늘까지 마칠 수 있을 것 같습니다. 저희는 몬스터홀의 제거가 최종 목표입니다. 그렇기 때문에 여러분의 성장이 꼭 필요합니다. 모두 힘냅시다."

그날 한국 귀환자 조합이 발족되었다.

제5장
탐사

"음. 잘생겼군. 나쁘지 않아."

성준은 화장실에서 거울을 보면서 고개를 끄덕였다.

키 175, 날카롭게 빠진 턱에 살짝 강해 보이는 인상, 슬림하게 빠진 몸매, 격렬한 전투로 단련된 근육. 경호원이나 스턴트맨처럼 보이는 모습이 거울에 비쳤다.

"오빠! 시간 얼마 안 남았어. 멋있어진 것 인정하니까 빨리 나와."

"알았어."

몬스터홀이 생기기 전, 성준이 화장실에 있을 때와 동생이 하던 말이 백팔십도 바뀌었다. 성준은 격세지감을 느꼈다.

어쨌든 성준은 화장실의 문을 열고 밖으로 나왔다. 밖에는 동생이 파자마 모습에 부은 얼굴로 서 있었다.

"너 언제까지 휴가냐. 점점 망가진다."

"걱정 마. 출근하는 그날 아침에 원상 복귀시키면 돼."

성준은 지연의 말에 고개를 끄덕였다. 그녀의 변신을 본 것이 한두 번이 아니었다.

"오! 확실히 멋져졌어. 어디에 가서 내 오빠라고 말해도 돼."

"그래도 용돈은 저번이 끝이야."

"에이, 그러지 말고."

성준은 졸졸 따라오는 동생에게 손을 흔들고 부모님께 아침 인사를 드렸다.

"밥은 먹고 가지 그러냐."

"여기서 여의도는 너무 멀어요. 가서 뭐 먹죠."

"오빠, 중고차라도 한 대 사라. 돈 많잖아."

"생각해 보고."

아직 통장 하나에 천만 원 이상 남은 돈을 보고 동생은 계속 성준의 앞을 얼쩡거리고 있었다.

성준은 집을 나서면서 마음을 다 잡았다. 오늘은 몬스터홀에 들어가는 날이었다. 하늘은 맑았다.

한참을 지하철에서 시달리다가 도착한 여의도역은 다른

역과는 다르게 썰렁했다.

바쁜 출근 시간인데 내리는 사람도 거의 없고 지하철 안에 있는 사람도 긴장한 것 같았다. 성준이 지하철을 내리자 불쌍하게 쳐다보는 사람도 있었다.

성준은 썰렁한 지하철역을 벗어나 김 회장님의 30층짜리 건물에 들어갔다. 건물 안 로비는 경비원 한 명이 지키고 있었다.

"지금 나오시는군요."

경비원이 성준에게 깍듯하게 인사를 했다.

"네. 혼자 지키느라 힘드시겠어요."

"월급이 높아서 하는 거죠, 뭐. 선생님도 무슨 일을 하시는지 모르지만 다 떠난 이런 곳에서 고생이시네요."

경비원은 성준이 무슨 일을 하는 줄 모르고 있었다. 김 회장이 철저하게 비밀을 유지하는 모양이었다.

성준은 경비원과 인사하고 7층에 있는 조합 사무실로 이동했다. 상당히 많은 사람이 도착해 있었다. 다들 휴게실에서 다과와 커피를 즐기고 있었다.

"사무실은 필요도 없고 휴게실만 있으면 될 뻔했네요."

"에이, 그럼 또 노는 분위기가 안 살죠."

성준의 말에 보람이 대답했다. 성준은 어이가 없어서 고개를 흔들었다.

"누구누구 안 온 거예요?"

"하은이하고 혜라 빼고 다 있어요."

보람의 말이 끝나기가 무섭게 두 명의 여성이 들어왔다.

"우리 도착. 안 늦었죠?"

"그래. 안 늦었다."

혜라의 말에 재식이 담담하게 이야기했다. 이제 서로들 많이 친해진 상태였다.

"너희들은 잠자리 괜찮았니?"

성준은 여자아이들에게 불편하지 않았는지 물어보았다.

지방에 사는 여학생들은 사무실에 붙어 있는 수면실에서 잘 수밖에는 없었다.

"여기 대박! 엄청나요. 엄청 고급이에요."

"나도! 이런 수면실은 처음 봤어요."

"내 방보다 좋아요."

성준이 어리둥절하고 있는데 옆에서 보람이 이야기해 주었다.

"여기 간부 수면실이 따로 있나 봐요. 뭐에 썼는지는 모르겠지만… 사장실과 이사실에 붙어 있었어요."

보람이 전체를 꼼꼼하게 살피고 있었다. 성준이 고마워 고개를 살짝 숙여주었다. 보람은 괜찮다며 고개를 흔들었다.

"자, 다들 왔죠? 몇 가지 전달하고 여의도 몬스터홀로 갑니다. 걸어서 5분이니 도보로 갈게요."

성준은 주위에 있는 사람들을 보았다. 총 10명의 사람이 있었다.

하은과 친구들, 호영과 재식, 그리고 보람과 다른 여자, 여고생 3인방이 현재 조합원이었다.

"우선 1차로 각각 천만 원씩 지급되었습니다. 통장을 확인해 보세요. 장비는 우선 조합 차원에서 지급하는 것으로 하겠습니다. 앞으로 여의도 몬스터홀을 제거할 때까지는 이렇게 하겠습니다. 몬스터홀 제거 보상은 일률적으로 하기에는 문제가 있을 것 같으니 이번 던전에서 나온 후에 이야기하겠습니다."

성준은 자세를 바로 하고 모두에게 이야기했다.

"이번 몬스터홀 진입은 적응이 목표입니다. 아직 한 번도 여의도 몬스터홀은 진입해 본 경우가 없습니다. 어떤 던전이 있을지 모르기 때문에 최대한 조심해서 진행할 예정입니다. 우선 이번에는 제가 지휘할 테니 잘 따라와 주시기 바랍니다. 호영 씨도 부탁드리겠습니다."

호영은 고개를 끄덕였다.

"장비는 조 단장에게 부탁해서 몬스터홀 앞에 준비시켰습니다. 이번은 정부 장비를 사용하지만 다음부터는 개인 장비를 사용해야 하니 자신이 사용할 장비를 잘 확인해 주세요."

모두 다 이해했는지 확인한 후 성준은 움직였다.

"이제 출발합시다."

그들은 자리에서 일어나 여의도 공원으로 출발했다.

모두가 나가는 사이에 보람은 핸드폰을 꺼내 통장 잔액을 확인했다. 성준의 말대로 천만 원이 들어와 있었다.

'이제 내 손으로 엄마 병원비를 낼 수 있어.'

보람은 눈물 한 방울을 훔치고 앞에 가는 사람들을 따라갔다.

모두는 조용한 분위기의 여의도 공원을 지나서 몬스터홀에 도착할 수 있었다. 아직도 여의도 공원은 생물이 없는 것 같은 분위기를 풍겼다.

몬스터홀 앞에는 성준이 전에 보았던 바리케이드가 다시 정상적으로 설치되어 있었다. 그 앞에는 경계를 서는 군인들이 보였고 옆쪽으로 장비가 가득 실린 군용 트럭과 그 앞에서 손을 흔들고 있는 조 단장이 보였다.

"어서 와요. 전에 썼던 물건하고 같은 것들입니다. 따로 비용을 청구할 테니까 걱정 말고 가져가세요."

성준은 조합의 돈으로 생색을 내는 조 단장의 모습에 쓴웃음을 지었다.

이번에는 최대 5일 치 식량을 준비했다. 어떤 일이 일어날지 몰라서 많이 준비한 것이다. 나머지 소모품도 최대한 준비했다.

모두 준비가 끝나자 성준은 경계를 서는 군인에게 인원을 이야기하고 몬스터홀에 내려갈 준비를 했다.

성준은 사람들을 한 명씩 내려 보냈다. 사람들이 한 명씩 내려갈 때 마다 성준은 위에서 문양을 확인했다. 저번처럼 문양이 바뀌는지 알기 위해서였다. 성준을 제외한 모든 사람이 내려갔지만 문양은 그대로였다. 마지막으로 자신이 내려갔다.

문양은 그때 바뀌었다.

'나 때문이었나?

문양에서 빛이 뿜어져 나오고 그들은 몬스터홀에서 사라졌다.

성준은 눈앞에서 환하게 비추었던 빛이 사라지자 주위를 둘러봤다. 주위는 커다란 광장 바닥에 문양이 있는 시작 지점이었다. 아직 이전과 다른 점은 없었다.

성준은 모든 인원이 잘 들어왔는지 확인했다. 주위를 둘러보니 모두 괜찮은 것 같았다.

"우선 저하고 호영 씨가 정찰을 다녀올게요. 다른 분들은 캠프를 만들어 주세요."

"네."

다른 사람의 대답을 듣고 성준은 호영과 정면에 나 있는 동굴로 들어갔다.

"그런데 그거 아는가? 여자가 남자의 두 배가 넘어. 관리하기가 쉽지 않을 텐데."

"어차피 다들 전투에 익숙해져서 괜찮을 겁니다. 저번 호영 씨랑 있을 때 다들 전투에 참여해서 싸웠다면서요."

"뭐, 다들 열심히 싸우더만. 그래도 따로 훈련이 필요할 것 같아."

"이번에 나가게 되면 어차피 매일 사무실에 나와서 훈련하게 할 생각입니다. 위에 헬스장도 그래서 같이 구했습니다."

성준의 말에 호영은 고개를 끄덕였다. 이번에도 위쪽으로 대각선을 이루고 있는 오르막길이었다. 성준은 좀 더 긴장하면서 걸었다. 조금 걸으니 환한 빛이 보이는 동굴의 끝이 보였다.

밖에 나온 성준은 이번에도 신음이 절로 났다.

"여기는 또 무엇인다냐. 사막도 아니잖아."

호영은 난생 처음 보는 광경에 입을 벌렸다. 넓은 초원이 끝없이 펼쳐져 있었다. 저 멀리 중앙에는 숲이 보였다. 주위는 벽으로 둘러싸여 있었다. 그리고 하늘의 중앙에는 거대한 빛이 비추고 있었다.

기본 구조는 저번과 같았다. 거대한 통조림 안이었다. 그때와 다른 점은 사막 지형이 초원과 숲 지형으로 바뀐 것? 이번에도 중앙에 귀환 기둥이 있다면 초원 지역을 돌파해서 숲 지형의 안쪽으로 가야 할 것 같았다.

성준이 서 있는 곳은 광주처럼 외부 벽에 구멍이 뚫려 있는 것 같은 모양이었다. 더군다나 높이가 지상에서 4미터는 떨어져 있었다. 내려갈 때 고생일 것 같았다.

성준은 가져온 망원경을 꺼내 주위를 둘러보았다.

멀리 작은 호수까지 있었다. 그 옆으로 물을 먹는 새 부리의 공룡이 있었다.

"여기는 여의도가 던전화되었을 때 있던 놈들이 있는데요?"

성준은 망원경을 호영에게 주었다. 호영은 망원경을 들고자신도 성준이 보던 장소를 확인했다.

"그러네. 그 작은 새대가리 공룡하고… 어라? 큰 놈도 있다. 밖에서 보던 그놈이 아닌데? 팔에 날개가 없어."

망원경을 받은 성준은 다시 확인해 보았다. 확실히 새 공룡 엘리트 몬스터는 아니었다.

'2레벨 몬스터인가?'

그때 성준의 망원경으로 보이던 풍경이 까맣게 되었다. 뭔가 가린 것 같았다.

"어라?"

성준이 갸우뚱하면서 망원경을 내리니 눈앞에 뜨거운 바람을 내 뿜는 거대한 코가 있었다.

성준은 코에서 점점 시야를 올렸다. 콧잔등이 그 위에 보였고 상당히 위쪽으로 솥뚜껑만 한 두 눈이 보였다. 그 눈은 묘하게 찡그려져 꼭 웃는 것 같았다.

"호영 씨, 호영 씨. 대답 가능해요?"

"끙."

성준은 호영을 조그만 소리로 불렀고 호영은 신음 같은 대답을 했다.

"우선 뒤로 천천히 물러나죠."

성준은 호영에게 말하면서 천천히 뒤로 물러섰다. 아직도 거대한 얼굴은 찡그린 눈으로 성준을 바라만 보고 있었다.

성준이 두 걸음 정도 걸었을 때, 그 거대한 입이 벌어졌다!

"크아아앙!"

성준과 호영은 고함 소리에 그야말로 날아갔다. 5미터 이상을 뒤로 날아간 두 사람이 바닥을 굴렀을 때 그 몬스터는 몸을 뒤로 돌리고 천천히 멀어졌다.

성준은 온몸에 묻은 침을 무시하고 억지로 몸을 움직여 동굴의 끝으로 갔다. 동굴의 높이가 높은 덕분에 산 모양이었다. 그리고 그 몬스터에게 영기분석을 걸었다.

―제1식 초원 조합 키메라 각성 버전.

―2등급.

―고대 공룡과 파충류를 합성.

―초원 지형 테스트를 위해 제조.

―특이 능력 각성: 가속, 철벽.

―강점: 파워로 당할 자가 거의 없다.

―약점: 한 번 달리면 측면 이동이 약함.

특이 능력이 두 개나 되었다. 앞에 걸어가는 그 몬스터의 모습은 티라노사우르스와 닮았다. 피부가 비늘로 덮여 있는 모습이 빛에 번쩍거리고 있었다.

"미친! 저런 놈을 상대해야 하는 거야?"

겨우 움직이게 된 호영이 옆에 다가와 말했다. 성준도 할 말이 없었다. 저번 사막의 2등급짜리 몬스터도 그랬지만 여기서도 2등급은 답이 없어 보이는 몬스터였다.

"어떻게 할 거야, 조합장."

"처음 계획대로 해야죠. 이번에는 답사가 우선이니까 저런 놈들을 피해서 안쪽을 살펴보고 집으로 돌아가는 것이 목표입니다."

둘은 침으로 끈적거리는 몸을 하고 동굴로 다시 돌아갔다. 여자들은 침으로 범벅이 된 둘을 외면했고 둘은 침을 닦아내느라고 고생했다.

성준은 일행을 불러 밖의 상황을 이야기했고 모두에게 주의를 당부했다.

"이야기를 들으셨다면 아시겠지만 이곳도 상당히 강한 몬스터가 있는 던전 같습니다. 다들 조심하면서 외각부터 탐사하겠습니다. 모두 이동하겠습니다."

일행은 장비를 점검했다. 이곳에 있는 캠프도 모두 치웠다. 그들은 거대한 통조림 안으로 들어갔다.

총 11명의 던전 탐사대는 조심스럽게 던전의 중심을 향해 이동했다. 던전의 외각을 차지하고 있는 초원 지역은 낮은 언덕이 계속 이어진 구릉 지대였다. 그래서 높이 올라가지 않는 한 그렇게 멀리까지 보이지는 않았다.

저 멀리 중앙의 숲은 그나마 높은 지역에 위치해서 던전 어디에서든 보이고 있었다.

그래서 성준은 일행의 30미터 정도 앞에서 주위를 살피면서 이동하고 있었다. 몇 개의 언덕을 넘은 성준은 뒤를 돌아보았다. 일행의 모습이 신기하게 느꼈다.

호영과 재식은 한 손에는 방패를 들고 반대편 손에는 장검을 든 모습으로 전진하고 있었다. 그 뒤에 보람과 하은을 포함한 여자 다섯 명이 등에 창을 메고 손에는 쇠뇌를 들고 주위를 살폈다. 마지막으로 여고생 세 명이 양궁을 들고 따라오고 있었다.

"멋지네."

방검복으로 몸을 감싼 채 긴 머리를 질끈 동여매고 사방을 경계하는 모습은 현대판 아마존 여전사 같았다.

성준은 다시 정신을 집중하고 앞으로 이동했다. 앞에 낮은 언덕의 꼭대기가 보였다. 성준은 낮은 자세로 언덕 너머를 내려다보았다.

드디어 몬스터와 만나게 되었다. 앞에는 여의도 방송국 로

비에서 보았던 몬스터가 있었다. 새와 공룡이 섞인 몬스터 세 마리가 바닥에 있는 무엇인가를 먹고 있었다. 역시 이번 놈들도 2미터 정도의 덩치를 가지고 있었다.

성준은 능력을 사용해서 다시 확인했다.

—제2식 조합 키메라.
—1등급.
—조류와 파충류를 합성.
—특이 능력을 각성하지 못해 대량생산.
—강점: 눈의 반응이 빠르다.
—약점: 조류를 합성했으나 날지 못한다.

역시 예상대로 같은 놈들이었다. 아직 성준을 발견하지 못한 것 같았다.

이제 일행의 실력을 확인해 볼 때였다. 성준은 고개를 돌려 언덕을 올라오는 일행을 손짓해서 멈추게 한 후에 일행에게 돌아갔다.

"앞에 새 공룡 몬스터 세 마리가 있습니다. 전에 상대해 본 바로는 몸을 향해 화살을 날리면 됩니다. 제가 한 마리 붙잡고 있겠습니다."

모두에게 이야기한 후 다시 일행 전부를 이끌고 언덕을 넘었다. 언덕을 넘어서자 몬스터가 일행을 발견했다.

"캬악, 캬악."

몬스터들은 먹이를 향해 숙였던 고개를 들고 일행을 향해 뛰어오기 시작했다. 뛰어오는 몬스터들을 향해 여덟 발의 화살이 날아갔다.

"끄억~!"

성준은 앞으로 달려 나가 몬스터 한 마리를 상대하려고 하다가 그 자리에서 멈추었다. 몬스터들은 달려오다가 화살을 맞고 모두 그 자리에서 굴러 버렸다. 화살 중 반 이상이 명중했다. 특히 여고생들의 화살은 거의 반이나 몸속으로 박혀 버렸다.

"와, 대단하네."

성준은 솔직히 감탄했다. 빗맞은 화살도 크게 벗어나지 않은 상황이었다. 성준은 검은 연기로 사라지는 몬스터를 보고 여고생들에게 물어보았다.

"너희들 가운데 숫자가 얼마니? 힘이 대단하더라."

"음, 방금 올라서 저는 77이요."

"저는 74요."

"저는 79예요."

다들 영기 성장치가 상당히 높았다. 이런 식이면 얼마 안 있어 100이 될 것 같았다.

"너희들 정말 대단하네. 난 그 고생을 했는데 60대인데."

"아저씨는 한 번 초기화됐잖아요. 덕분에 우리를 살렸지만."

호영은 미리의 말에 고개를 끄덕였다. 그러더니 다시 새로운 것이 궁금해졌다.

"그런데 성준은 왜 오빠고 난 아저씨냐? 나이도 비슷한데."

미리와 다른 여고생들은 성준과 호영을 번갈아 보더니 말했다.

"오빠는 오빠고 아저씨는 아저씨죠."

"그럼 당연하지."

"그냥 거울 보면 되잖아요."

여고생들은 호영에게 치명타를 남기고 다른 사람과 함께 이동했다. 석상이 된 호영에게 재식이 위로해 주었다.

"형님. 저는 아직도 '저기요' 입니다."

호영이 재식을 슬쩍 보더니 고개를 돌려 일행을 따라갔다. 남겨진 재식은 입맛을 다시고 이동했다.

그 뒤에 몇 번 두세 번 몬스터 그룹을 만났지만 쇠뇌로 처리할 수 있었다. 일행은 슬슬 긴장이 풀어지고 있었다.

"평소보다 오히려 더 쉬운 것 같은데요?"

"제일 약한 몬스터라서 그래."

혜라의 말에 성준이 모두에게 주의를 주었다.

"모두 긴장을 늦추지 마세요."

그리고 그들은 잠시 뒤, 좀 더 강한 몬스터와 조우하게 되었다.

어느새 그들은 성준과 호영이 동굴 입구에서 망원경으로 보았던 호수 근처까지 오게 되었다. 일행은 언덕 뒤에 숨어서 호수에서 물을 마시고 쉬고 있는 몬스터의 모습을 보고 있었다.

"도대체 식생을 모르겠어요. 몬스터가 살아 있는 생명체인지 로봇과 같이 만들어진 생명체인지… 연기호 변해 사라지니 일반 생명체는 아닌 것 같은데, 칼도 연기로 만드는 판이니 도대체가 모르겠네요."

옆에서 같이 밑을 바라보고 있던 하은이 푸념했다.

"왜, 몬스터 생태학을 연구하게? 연구소의 박사들이 알아서 연구하고 있겠지."

"그거라도 해볼까나. 어차피 우리 불문과는 몬스터홀 이후로는 홀랑 망해 버렸어요."

현재 전 세계의 외국어 학과는 대충격 상태이다. 귀환자나 넘버 피플은 모든 언어를 듣는 순간 이해하고 읽을 수 있었다. 그래서 외국어 학과 폐지론이 일기 시작했다.

성준은 하은과 이야기를 마치고 다시 몬스터들에게 집중했다. 아까 보았던 1등급짜리 새 공룡 몬스터와는 좀 다르게 생긴 몬스터가 그 사이에 보였다.

기본적으로 새 공룡 몬스터와 닮은 점이 있지만 덩치도 더 크고 훨씬 공룡에 가깝게 생겼다. 신기하게도 두 팔이 작지

않고 상당히 크고 두꺼웠다. 성준은 몬스터에게 영기분석을
시도했다.

　—제2식 조합 키메라.
　—2등급.
　—파충류를 위주로 조류를 합성.
　—특이 능력을 각성하지 못해 대량생산.
　—강점: 상체 근육량이 상당히 증가. 강력한 방어력과 힘을
자랑.
　—약점: 순간 반응 속도가 느려졌다.

　역시 2등급짜리 놈이었다. 성준은 공격하는 것이 좋을 것
같았다. 호수에 있는 몬스터는 몇 마리 되지 않았다. 큰 놈은
성준이 상대하면 될 것 같았다. 그런데 잠시 뒤 성준은 이상
한 기분에 고개를 갸우뚱했다.
　"응? 몇 마리가 되지 않아?"
　성준이 망원경으로 호수를 보았을 때는 몬스터 숫자가 지
금보다 훨씬 많았었다. 성준은 바로 감각을 활성화시켜 주위
를 둘러보았다.

　—측면 언덕 뒤, 열기에 의한 아지랑이.
　—몬스터 특유의 냄새가 양쪽 언덕 뒤에서 느껴짐.

―후면만 아지랑이가 없음.

"제길, 당한 건가!"

성준은 일행에게 소리쳤다. 어차피 들킨 상황이다.

"모두 뒤로 속보 이동! 좌우에 적이다. 호영과 재식은 각각
양옆으로 이동. 적이 접근하면 자유 사격!"

성준은 소리를 지르면서 뒤로 달렸다. 그 소리에 일행은 모
두 깜짝 놀라서 뒤로 속보로 이동하기 시작했다.

몬스터가 언덕 뒤에서 뛰쳐나오기 시작했다. 언덕 사이를
달리는 일행의 양옆으로 1등급 몬스터와 함께 2등급짜리 몬
스터가 몰려오고 있었다. 거의 20마리나 되는 숫자였다.

다행히 일행 중 그 어떤 사람도 집중을 잃지는 않았다. 그
래서 몬스터가 사정거리에 들어오자 쇠뇌를 들고 있는 여성
들이 일제히 화살을 발사했다. 그리고 그 뒤를 이어 활을 들
고 있던 여고생들이 화살을 날렸다.

슈슈슈슉!

"끄억~!"

쇠뇌에서 발사된 화살을 여러 발 맞은 1레벨 몬스터 몇 마
리는 그 자리에서 쓰러졌다. 그렇지만 2레벨 몬스터는 쇠뇌
에서 발사된 화살을 모두 튕겨냈다. 그런데 2레벨 몬스터 한
마리가 화살 하나를 무릎에 맞고는 기우뚱하면서 무릎을 꿇
었다. 여고생 중 한 명이 쏜 화살이었다.

"미리야! 너희들은 큰 놈을 맡아! 쇠뇌는 작은 놈만 공격."

몬스터들이 접근하기 전에 한 번의 사격 기회가 더 있었다. 그리고 그 사격에서 몬스터 숫자를 상당히 줄일 수 있었다.

"쇠뇌. 모두 창 들고 방패 옆에 붙어!"

아까부터 수시로 감각을 활성화시켰기 때문에 영기가 많이 빠져나갔다. 영기 성장치가 높지 않았으면 큰일 날 뻔했다.

일행은 뒤로 상당히 이동했기에 전면에서 몬스터가 달려오는 꼴이 됐다.

두 무리로 달려드는 몬스터 앞에 호영과 재식이 각각 방패를 들고 자세를 잡고 있었고 그 사이에서는 성준이 칼을 꺼내들고 있었다.

그리고 몬스터들은 각각 재식과 호영에게 충돌했고 여성들은 재식과 호영 뒤에서 창을 내질렀다. 그리고 여고생들은 뒤에서 2레벨 몬스터를 향해 화살을 날렸다.

성준은 정면에서 들이닥치는 2레벨 몬스터와 맞닥뜨렸다. 몬스터는 두꺼운 양팔로 앞을 가리고 성준에게 뛰어들었다. 성준은 이를 갈며 몬스터의 몸통박치기를 같은 몸통박치기로 상대했다. 뒤에 사람이 있어서 피할 수 없었던 것이다.

성준은 능력을 활성화하고 다리를 박차 몬스터에게 달려들었다.

쾅!

성준과 몬스터는 서로 반대 방향으로 튕겨져 나갔다. 능력을 사용했지만 몸무게에서 밀려서 반대로 튕긴 것이다.

"젠장."

활을 쏘고 있는 여고생들 아래까지 튕겨진 성준은 신음을 뱉고는 바로 일어나서 다시 앞으로 뛰어갔다.

그 사이 호영과 재식은 2레벨 몬스터를 한 마리씩 맡아서 방패로 틀어막고 있었고 여성들은 창을 내지르면서 다른 1레벨 몬스터를 상대하고 있었다. 그나마 위험할 때마다 여고생들의 화살이 도와주어서 아직 사상자가 나오지 않았다.

다시 몬스터와 성준의 이 차전이었다. 몬스터는 방금과 마찬가지로 양팔로 앞을 막고 성준을 향해 달려들었고 성준은 고속이동을 사용해 몬스터의 다리에 뛰어들었다.

이번에는 달려들기 전에 칼에 절단 강화 능력을 활성화해서 몬스터와 부딪치는 순간 칼날 가득 영기를 두르고 몬스터의 다리에 휘둘렀다.

"크악~!"

다리 하나가 공중에 떠올랐고 몬스터는 그대로 앞으로 굴렀다. 그리고 일행 뒤쪽에 있던 미리가 활을 내려 자신의 앞쪽 바닥에 구르고 있는 몬스터의 머리에 화살을 박아 넣었다.

쿡!

성준은 몬스터가 연기가 되는 것을 볼 시간도 없이 다시 앞으로 달려갔다.

이제 2레벨 검투사의 위용을 보여줄 시간이 왔다.

달리는 사이에 손에 쥔 칼의 영기를 확인하니 레벨업을 했다고 한 번 더 사용할 수 있는 양이 남아 있었다. 성준은 바로 호영에게 달려가 방패를 신 나게 두드리고 있는 놈의 머리를 뒤에서 옆으로 갈라 버렸다.

이제부터는 반격의 시간이 왔다. 성준과 재식이 나머지 한 마리를 상대하는 사이 호영이 앞을 막고 나머지 인원이 다른 모든 몬스터를 잡을 수가 있었다. 그리고 최후의 한 마리는 여고생들의 화살 여섯 발을 맞고 연기가 되어버렸다.

"잡았다!"

여성진이 환호성을 질렀다. 성준이 주위를 둘러보니 크게 다친 사람은 아무도 없었다. 이 정도면 상당히 훌륭한 팀이었다.

다들 힘들어서 창이나 무기에 기대어 서 있고 몇몇 사람은 바닥에 앉으려고 했다.

성준은 호수 쪽에서 바람에 날려 오는 몬스터의 냄새를 느꼈다. 긴장한 성준은 호수가 있는 방향으로 고개를 돌렸다.

언덕 위로 호수에 있던 몬스터들의 모습이 보였다.

성준은 피식 웃었다.

"포위 공격할 타이밍이 안 맞았나 보네."

이제 몬스터들이 각개격파를 당할 시간이었다.

언덕 위의 몬스터 중, 일행 앞까지 온 몬스터는 2레벨 몬스터 한 마리와 1레벨 몬스터 2마리밖에 존재하지 않았다. 언덕 아래로 달리다 날아가는 화살에 의해서 하나둘씩 쓰러졌고 바로 검은 연기가 되어 사라져 갔다.

겨우 일행 앞까지 온 몬스터들은 그 상태로 더 이상 전진하지 못했다. 여성진의 창 공격에 의해 1레벨 몬스터가 정신을 못 차리는 사이에 성준이 1레벨 몬스터들을 검으로 한 마리씩 끝장을 내고 호영의 방어에 의해 전진이 막힌 2레벨 몬스터가 여고생들의 화살에 의해 정리되었다.

"모두 고생하셨습니다. 앞에 있는 언덕에 올라가서 쉬도록 하겠습니다."

성준은 몬스터들이 내려온 언덕을 가리켰다. 일행은 지친 몸을 이끌고 언덕 위를 올라갔다.

성준이 주위를 둘러보는 사이에 호영과 재식은 완전히 지쳐서 누워 버렸고 여성진도 다들 입을 다물고 서로 등을 기대고 앉아서 쉬고 있었다.

아까 보았던 호수는 지금은 텅텅 비어 있었다. 그곳에 있던 모든 몬스터가 공격에 가담한 모양이었다. 다들 어느 정도 시간이 흐르자 강해진 회복력에 의해 기운을 차렸다. 그러자 이번에는 모두 배가 고픈 모양이었다. 다들 배를 잡고 몇몇은 꼬르륵 소리까지 들렸다.

"대장 오빠! 밥 먹어요."

미리의 말이었다.

"맞아요. 대장 오빠. 배고파서 못 움직이겠어요."

여고생들은 모두 '대장 오빠'라고 호칭하기로 했나 보다. 다들 성준을 부르는 명칭이 다양해지고 있었다.

"그럼 호숫가에서 식사합시다."

성준의 말에 모두는 얼른 짐을 챙겨서 호숫가로 내려갔다. 그래도 전투 몇 번에 군기가 들어서 다들 이동 중에는 자신의 자리를 꼭 지켰다.

호수는 지름이 100미터 정도 되는 호수로 상당히 맑았다. 주위에는 발목 정도 오는 낮은 풀이 자라나 있었다. 그리고 호수 너머 멀리 숲이 보였다. 마치 유럽 어딘가의 한가로운 초원과 호수처럼 보였다.

성준이 주위를 둘러보는 사이에 식사가 준비되었는지 그를 불렀다. 성준은 일행이 모여서 식사를 하는 곳으로 돌아갔다.

"와! 이거 진수성찬인데요."

성준의 앞에는 반찬과 보온 도시락에서 나온 따뜻한 밥이 있었다.

"그래 봤자 다음 식사부터는 삼분 카레. 삼분 백반 등이에요. 그래도 불 자체는 쓸 수 있어서 다행이에요."

성준의 말에 보람이 대답했다.

처음 귀환자가 등장한 이후 정부나 과학자들은 던전에서

전자제품이 사용 안 되는 것과 화약이 반응을 안 하는 것에 대해 열심히 연구를 하고 있었지만 아직까지 원인이 밝혀진 것은 아무것도 없었다.

전자제품 쪽은 그 어떤 내용도 밝혀진 것이 없고 화약에 대해서는 기존의 불을 사용할 수 있는 것으로 봐서 던전 안에는 '일정 이상의 폭발적인 화학 반응이 억제된다' 라는 가설만이 존재할 따름이었다.

일행은 모두 식사를 마치고 휴식을 취했다. 사람들이 돌아가면서 경계를 서고 있었다. 그 와중에 몇 명은 호수에 가까이 가서 물을 들여다보았다.

"너무 가까이 가지 마라. 뭐가 나올지 몰라."

호영은 걱정이 되었는지 주의를 주었다.

"네. 조심할게요, 아저씨."

헤라가 대표로 장난스럽게 대답했다. 그때 같이 있던 하은이 손을 들어 성준을 불렀다.

"오빠! 여기 봐요. 물고기가 있어요."

"에? 물고기?"

하은의 말에 경계를 서고 있는 사람을 제외한 모두가 하은이 있는 곳으로 다가갔다. 성준도 궁금해하며 하은에게 갔다.

"정말 물고기다. 이상하게 생겼다."

다들 놀라워하며 하은이 가리키는 곳을 바라보았다. 그곳에는 살짝 내부가 비쳐 보이는 물고기가 보였다. 내부에는 검은색 연기가 몸속을 피처럼 흐르는 모습이 보여 조금 징그럽기도 했다.

"저거 먹을 수 있을까?"

"에엑?"

재식의 말에 여성진 모두가 기겁하며 재식을 노려봤다. 재식은 조용히 구석에서 땅을 팠다.

성준은 반투명한 물고기에 영기분석을 사용했다.

─영기 생명체 수중 타입.

─자연 발생한 영기 생명체.

─내부에 영기 회복석을 가지고 있는 경우가 있음.

"어?"

성준은 나온 정보에 의아해했다. 성준은 바로 쇠뇌를 생성했다. 모두 어리둥절할 때 감각을 활성화해서 물고기의 움직임과 물의 흐름을 파악하고 신중하게 화살을 쏘았다.

슈욱~!

다행히 화살은 물고기의 등에 정확하게 명중했다. 화살에 맞은 물고기는 바로 물 위로 떠올랐고 다행히 물살이 일행 쪽으로 흘러 물고기는 그들에게 다가왔다.

"오빠, 갑자기 물고기는 왜 잡았어요? 먹으려고요?"

"잠깐만 기다려 봐."

성준은 사람들을 조금 기다리게 한 후 잡은 물고기를 바라보았다. 일행에게 다가온 물고기는 어느덧 연기가 돼서 사라지고 그 자리에는 작고 검은 구슬이 물 위에 떠올랐다. 구슬은 크기가 기존에 몬스터가 주었던 구슬의 반도 안 되었다.

성준은 바로 물에 들어가 구슬을 집어 올렸다. 그리고 바로 정보를 확인했다.

─영기 회복석.
─일정량의 영기가 회복됩니다.
─회복이 즉각적으로 이루어지진 않습니다. 여러 개를 동시에 먹어도 소용없습니다.

성준은 물 밖에 나와 바로 이동 능력을 사용해서 주위를 돌아다녔다. 그리고 성준은 팔목의 숫자를 확인했다.

2
73
23

영기의 양이 많이 줄어 있었다. 그리고 바로 영기 회복석을 먹었다. 그리고 다시 한 번 팔목의 숫자를 확인했다. 영기가 점차로 올라갔다.

2

93

48

잠시 뒤 최종적으로 영기는 25가 늘었다. 성준은 만족해하면서 주위를 둘러보았다.

주위 사람들은 성준에게서 멀리 떨어져서 미친 사람을 보는 눈으로 성준을 바라보고 있었다. 설명도 없이 혼자서 난리를 피웠으니 어쩔 수 없었다. 성준은 허탈한 웃음을 짓고 사람들에게 말했다.

"방금 그 조그만 구슬이 마지막 숫자를 회복시켜 주는 것 같습니다. 그래서 제가 이동 능력을 사용해서 숫자를 소모한 후에 늘어나는지 확인해 보았습니다."

멀리 떨어졌던 사람들은 성준의 말을 듣고 슬금슬금 성준에게 다가왔다.

"정말 그것을 확인하려고 한 거예요?"

미심쩍은 듯한 하은의 말에 성준이 대답했다.

"아무래도 감이 와서 말이야. 한 번 확인해 보려고 했지."

일행은 대충 수긍하는 듯했다.

"그럼 성준 씨처럼 구슬을 먹고 성장한 사람만 효과가 있는 거네요. 우리는 아직 능력이 없어서 숫자가 안 줄잖아요."

헤라의 말에 다들 고개를 끄덕이는데 하은이 갑자기 어떤 생각이 떠올랐는지 헤라의 말에 반박했다.

"우리도 줄잖아. 던전 밖에서는 시간마다 숫자가 줄어들잖아."

"어라?"

"어?"

하은의 말에 다들 어리둥절하다가 얼굴이 확 바뀌었다.

"이거 제한 시간 늘려주는 거야!"

"으악! 제일 중요한 거다."

"낚싯대, 그물, 스턴 건, 폭약. 뭐 없어?"

"수영하자. 아차! 수영복 안 가지고 왔지."

다들 정신이 없었다. 성준이 그 모습을 보고 소리를 빽 질렀다.

"다들 집중!"

정신이 없던 사람들이 모두 성준을 바라보았다.

"다들 혼란스러워하는데 우선 모두 자리에 앉아 진정들 합시다. 그리고 경계 서시던 분들은 다시 자리로 돌아가 주세요."

성준의 말에 흥분했던 사람들은 모두 자리에 앉고 재식과 미리는 은근 슬쩍 경계 위치로 돌아갔다.

"우선 호수를 보세요. 여태까지 한 마리 못 보았다가 하은이 겨우 발견한 겁니다. 흔하지 않은 거예요."

'잡아도 영기 회복석이 없을 수도 있고.'

성준은 마음속으로 생각했다.

성준은 계속 말을 이었다.

"그리고 밖으로 가지고 나갈 수 있는 것인지, 가지고 나가더라도 몇 개를 가져갈 수 있는지 몰라요. 그리고 밖에서는 소용없을 수도 있고요. 어차피 이번은 탐사니까 하나하나 확인하도록 하겠습니다."

성준의 말에 모두 수긍했다. 성준은 이곳에서 잠시 쉬기로 했다. 이런 분위기에서는 갑자기 이동하면 위험할 것 같았다.

그런데 한 시간 정도 쉰다고 하자 모든 인원이 다 호숫가로 달려가 모두 물을 뚫어져라 바라보았다. 혹시나 하는 생각에서였다.

성준은 고개를 흔들고 자신이 경계를 섰다. 어차피 한두 번 들어올 곳이 아니었다. 성준도 흥분되었지만 책임이 있으니 진정하려고 노력했다.

휴식 시간이 끝날 때까지 물고기를 발견한 사람은 없었다. 아마 몬스터들도 그 물고기를 노리고 이곳에 모였을지도 몰랐다.

일행은 아쉬움을 뒤로하고 호수를 떠나 다시 정면의 숲을 향하여 전진하기 시작했다.

그 뒤로 얼마 동안은 언덕을 오르락내리락할 뿐 특별한 일은 없었다. 한참 동안 몬스터도 안 보여 성준은 더욱 긴장이 되었다.

성준은 아무래도 걱정이 돼서 모든 일행을 잠시 정지시키고 혼자서 언덕에 올라가 능력을 사용해서 사방을 확인했다.

─크고 흐린 발자국.
─높이 4미터 이상되는 생물의 발자국으로 추정.

역시 걱정이 맞았다. 여긴 거대 몬스터의 영역이었다. 능력을 사용하니 바로 바닥에 흐리게 변한 큰 발자국을 발견할 수 있었다. 성준은 되돌아가기로 결심했다.

성준은 일행과 합류해서 거대 몬스터의 발자국을 보았다고 이야기하고 일행과 함께 돌아가기 시작했다.

"거대 몬스터의 영역이라고 생각하니 조용한 모습이 오히려 으스스한데."

재식이 주위를 보더니 몸을 떨었다. 주위는 조용한 것을 넘어 황량한 분위기를 풍겼다. 그리고 한참을 가다 보니 어느 순간 길을 잘못 들은 것 같았다. 언덕을 넘는데 앞이 벽으로 막혔다.

사람들은 고개를 위로 올렸다. 천장의 빛에 반사되는 비늘이 보였다. 왼쪽을 바라보니 이번에는 슬쩍 슬쩍 움직이는 거대한 꼬리가 있었다. 그리고 오른쪽을 바라보니 긴 목과 거대한 몬스터의 뒷머리가 숨소리와 함께 오르락내리락하는 것이 보였다. 몬스터의 비늘을 보니 아무리 찔러도 구멍이 날 것 같지 않았다.

사람들은 모두 굳어버렸다. 성준은 사람들 앞에서 손짓으로 모두 정신을 차리게 하고 손가락으로 자신들이 넘어왔던 언덕을 가리켰다. 사람들은 그제야 정신을 차리고 일행은 조용히 다시 언덕을 향해 움직였다.

사람들은 숨소리조차 내지 못하고 조용히 언덕을 넘어갔다. 다행히 일행이 모두 언덕을 넘을 때까지 몬스터는 움직이지 않았다. 그리고 마지막으로 성준이 뒤를 돌아보았다. 고개를 돌려 빤히 성준을 바라보고 있는 몬스터의 눈과 마주쳤다.

성준은 머리끝부터 발끝까지 바짝 얼어붙었다. 하지만 몬스터는 움직임이 없었고 그제야 굳은 몸이 풀린 성준은 조금씩 뒤로 이동했다. 마지막으로 보았을 때 몬스터의 눈은 묘하게 웃는 것처럼 보였다.

처음 동굴 앞에서 몬스터가 성준과 호영을 보았을 때도 일부러 그들을 놓아 주었는지도 몰랐다.

―제1식 초원 조합 키메라 각성 버전.
―2등급.
―고대 공룡과 파충류를 합성.
―초원 지형 테스트를 위해 제조.

—특이 능력 각성: 가속, 철벽.
—강점: 파워로 당할 자가 거의 없다.
—약점: 한 번 달리면 측면 이동이 약함.

성준은 마지막으로 정보를 확인한 후에 언덕을 넘었다. 몬스터는 일행을 추격하지 않았다. 성준은 안도의 한숨을 쉬고 일행을 이끌고 숲을 향하여 전진했다. 어차피 그 몬스터의 옆을 다시 지나가기에는 모두 용기가 부족했다.

일행은 천장의 빛이 조금씩 어두워질 무렵, 숲의 가장자리에 도착할 수 있었다. 모두가 대형 몬스터를 만난 긴장으로 진이 빠졌다. 성준은 숲의 안쪽에 어떤 위험이 있을 줄 몰라 이곳에서 밤을 보내기로 했다.

잠자리를 마련하는 동안 성준은 주위를 돌아다니면서 능력으로 안전을 확인했다. 다행히 큰 위험은 없는 것 같았다.

하지만 안심하고 있다가 저번처럼 자는 중에 당할 수는 없는 노릇이었다. 주위에 소리 나는 물건들을 철사에 묶어 배치한 후에 일행을 삼등분하여 네 명씩 불침번을 서기로 했다. 좀 늦게 움직이는 한이 있어도 이 편이 더 좋았다.

성준은 세 명으로 이루어진 조에 속해 불침번을 서기로 하고 잠자리에 들었다.

*   *   *

던전 천장에서 빛나는 작은 돌들이 별처럼 빛나는 시간이었다. 성준은 침낭들 가운데에서 두 번째 불침번을 서고 있었다. 한쪽에는 미리가 가끔 꾸벅 머리를 내렸다가 손으로 눈을 훔치는 모습이 보였고 다른 쪽에는 헤라가 입을 크게 벌리고 하품을 하고 있었다.

몬스터들이 불에 대해 어떻게 반응하는지 알 수가 없어서 불은 피울 수 없었다. 이곳의 나무가 불이 붙으면 어떻게 될지도 알 수 없었다.

성준은 자고 있는 일행을 천장에 박힌 작은 돌의 빛을 이용해 확인했다. 영기의 증가 때문인지, 아니면 레벨의 증가 때문인지 밤눈이 상당히 좋아졌다. 야시경 같은 것을 쓸 수 없는 이곳에서는 매우 다행스런 일이었다.

다들 몸 상태가 좋아졌다지만 어제는 매우 피곤한 하루였기 때문에 모두들 정신을 못 차리고 자고 있었다. 성준은 오늘 밤은 아무 일도 없이 무사히 지나가 주었으면 했다.

성준이 그렇게 멍하니 생각에 잠겨 있을 무렵, 무슨 소리가 들렸다.

통, 통, 통…….

정신이 번쩍 들었다. 성준은 소리가 나는 쪽으로 고개를 돌렸다.

아무것도 없는 빈 공간이었다. 그리고 바닥에 자기 전에 설

치해 놓았던 철사 줄과 빈 깡통이 보였다. 깡통이 살짝 살짝
움직이면서 소리를 냈다.

"바람인가? 그런데 바람은 안 부는데?"

성준은 바로 감각을 활성화했다.

—빈 허공.

—바닥에 아무 자국 없음.

—철사 줄이 무엇에 눌린 상태로 있음.

성준은 전에 만났던 몬스터가 생각이 났다.

"모두 기상! 적이다."

성준은 소리치고 바로 쇠뇌를 생성해서 눌린 철사의 위쪽
으로 화살을 발사했다.

"끼아아악!"

빈 허공에서 날이 어두워서 검게 보이는 피가 뿜어져 나왔
다. 그리고 그 피가 허공에 뿌려지더니 그 자신에게 묻었다.
어떤 형체가 보이는 것 같았다. 성준은 바로 영기 분석을 사
용했다.

—제3식 조합 키메라.

—1등급.

—투명 생명체와 양서류를 합성.

―특이 능력을 각성하지 못해 대량생산.

―강점: 몸이 투명하다.

―약점: 빛에 약하다.

영기분석을 사용한 지 얼마 지나지 않아서 피 묻은 형체가 스르르 사라져 갔다. 성준이 검을 소환해 앞으로 튀어 나가려고 했다.

캉, 캉, 캉!

그때였다. 사방에서 빈 깡통 소리가 들렸다. 주변을 감시하기 위해 준비한 물건들이었다. 성준은 입술을 깨물고 감각의 활성화를 사용해서 주위를 둘러보았다. 주위에서 소리 나는 곳이 적어도 네 군데 이상이었다. 그나마 다행은 잠을 자던 사람들이 모두 일어나서 주위를 경계하고 있었다.

"모두 안쪽으로 모여요. 적은 눈에 안 보입니다. 전에 보았는데 빛이 약점이에요. 불 같은 것 가진 사람 있나요?"

급하니까 거짓말이 절로 나왔다. 일행 모두는 성준의 주위로 급하게 모여 들었다. 몇 사람이 주머니에서 라이터를 꺼냈다. 그리고 바로 라이터의 불을 붙였다. 점점 다가오던 소리가 멈추었다.

"야, 너희들 담배 피냐?"

불은 일행의 주위를 상당히 밝게 비추고 있었다. 하은과 보람을 제외한 여성진 전원이 라이터의 불을 켠 것이다.

"도움이 됐잖아요. 그리고 우린 얼마 전에 끊었어요!"

자신 있게 말하는 미리였다. 그리고 친구들은 슬쩍 고개를 돌렸다.

하지만 그 정도 빛으로는 놈들이 도망가지 않았다. 성준은 감각으로 그 사실 파악한 즉시 일행에서 소리쳤다.

"하은 앞 10미터, 호영과 재식 사이 앞쪽 8미터, 미리 앞 12미터, 보람 앞 8미터에 몬스터. 모두 사격."

쇠뇌를 든 사람들은 한 손에 라이터를 들고 지시한 곳을 향하여 화살을 날렸다. 양손을 써야 하는 여고생들은 라이터를 땅에 버리고 화살을 날렸다.

화살은 지시한 방향으로 날아가 허공에 꽂혔다.

"꺄아아아악~!"

"꺄아아아악~!"

"꺄아아아악~!"

세 마리 몬스터의 비명이 하늘을 울렸다. 그때 성준이 몸을 박차 앞으로 달려갔다. 미리의 정면으로 발사한 화살이 몬스터에 맞지 않고 그냥 허공을 지나가 버린 것이다.

'분명이 감각으로는 아직도 그 자리에 있는데?'

성준은 달려 나가 그 위치 앞에서 검을 휘둘렀다. 검도 그냥 허공을 지나갔다.

"어라?"

성준이 검을 휘둘렀다가 아무것도 걸리지 않아 휘청거린

그 순간, 묵직한 충격을 받고 뒤로 날아갔다.

"크윽."

날아가면서 성준이 본 정면에는 어떤 형제가 잠시 반투명하게 나타났다가 사라지는 모습이 보였다. 성준은 그때를 놓치지 않고 바로 영기분석을 사용했다.

—제3식 조합 키메라 각성 버전.
—1등급.
—투명 생명체와 양서류를 합성.
—특이 능력 각성: 육체의 영기화.
—강점: 육체적 타격을 모두 회피할 수 있다.
—약점: 적 공격 시에는 영기화를 쓸 수 없다.

"무슨 이런 사기 몬스터가 있어."

성준은 투덜거리면서 자리에서 일어났다. 자세가 흐트러진 상태로 공격을 당해서 충격이 상당했다.

"다른 놈들은 다 잡았어요."

하은이 성준에서 말했다.

"그럼 이놈 잡는 것 도와줘!"

성준은 하은에게 소리치면서 다시 달려 나가 몬스터가 있는 자리 앞에 섰다. 그리고 이번에는 검에 절단 강화를 가득 걸고는 검을 힘껏 휘둘렀다. 역시 아무 감촉 없이 검은 허공을 지나갔다.

다시 몬스터의 공격이 있었다. 이번에는 칼로 막아 낼 수 있었지만 막아낸 팔이 뼛속까지 아팠다. 달려온 호영 등과 이렇게 몇 번을 방어만 하니 몸에 충격만 쌓여갔다.

"제길, 방법이 없나?"

"움직이지 마세요!"

그때였다. 성준의 뒤쪽에서 불이 크게 일어났다. 그리고 성준의 옆을 불화살 하나가 빠르게 지나가서 보이지 않는 허공에 박혔다.

"캬아아아~!"

몬스터는 큰 비명을 지르면서 모습을 드러냈다. 몬스터는 몸에 불붙은 화살을 꽂고 뒤돌아 달리기 시작했다. 성준은 더 이상 쫓아가지 못하고 도망가는 모습을 바라볼 수밖에는 없었다.

"그래도 다행이네. 약점이 불이었나 보네."

성준은 다행으로 생각하고 뒤를 돌아보았다. 화살을 불화살로 만들고 있는 여성들이 보였다. 한쪽에는 헤라가 슬픈 표정으로 찢어진 옷을 바라보고 있었고 그 찢어진 옷이 화살촉에 감겨 라이터 기름에 적셔지고 있었다.

"아, 내 신상이… 여의도에 올 때 세일하는 곳에서 겨우 산 건데."

"던전에 가지고 들어온 네 잘못이야."

옆에서 하은이 헤라에게 한마디 했다.

결국 그날 밤은 불을 붙일 수 있는 것은 모두 모아 불에 태우고 그 앞에 쪼그리고 앉아 밤을 샐 수밖에는 없었다.

다음 날, 천장의 빛이 밝아질 즈음에는 모두의 눈이 빨개진 상태였다.

"이대로는 안 되겠습니다. 아침 먹고 교대로 좀 자죠. 점심 때 출발하겠습니다."

성준은 모두에게 선언했다. 다들 다행이라고 생각했는지 안도의 한숨을 내쉬었다. 몇 명은 바로 침낭으로 들어갔다. 제일 처음 불침번을 선 사람들이었다. 거의 한숨도 못 잔 것이다.

성준은 마지막 불침번들을 경계로 세우고 본인도 같이 경계를 서다가 잠깐 잠들었다.

*　　　*　　　*

성준은 누군가 흔드는 손길에 정신이 번쩍 들었다. 성준은 눈을 떠서 흔드는 사람을 바라보았다. 하은이 어깨를 흔들고 있었다.

"점심때 되었어요. 식사하세요."

일행은 모두 식사를 하고 있었다. 성준은 별일 없는 모습에 고개를 끄덕이고 본인도 같이 식사를 했다. 삼분 요리도 맛있었다. 그리고 일행은 출발 준비를 했다.

이제는 눈앞의 숲을 통과해야 했다. 더 이상 불 피울 것이 없어 밤이 되기 전에 던전 밖을 빠져나가야 되는 상황이었다.

"자, 모두 출발합니다."

일행은 다시 진형을 갖추었다. 그리고 한 걸음씩 숲으로 들어섰다.

숲은 상당히 울창했다. 엄청 큰 아름드리나무였는데 활엽수인지 두꺼운 잎이 하늘을 가득 가렸다. 그 아래는 빛이 가려져 상당히 침침한 느낌이었다.

나무 사이는 그래도 일행이 진형을 갖추고 움직이기에 문제 없을 정도의 거리가 있었다.

일행은 좌우를 살피면서 전진해 나갔다. 그런데 잠시 진행하다 성준이 일행을 정지시켰다.

'이런 환경이면 등장할 녀석들이 있지.'

성준은 방송국 공연장의 몬스터를 떠올렸다. 성준은 위쪽으로 고개를 올리고 감각을 활성화했다. 그리고 쇠뇌를 들어 나뭇잎에 가려져 있는 한 방향을 향해 화살을 발사했다.

"꾸르르르륵……."

보람의 옆으로 날개 달린 거미 몬스터 한 마리가 떨어졌다.

"머리 위에 경계……."

"까악!"

"까악!"

성준이 모두에게 경계를 지시하기도 전에 여성진의 입에서 비명이 나오기 시작했다.

"거미다!"

"으앙! 거미 싫어."

여성 중 일부가 거미에 대해 본능적인 혐오감을 가지고 있었나 보다. 싫은 표정이 역력한 채로 여성들은 쇠뇌와 활을 위로 올려 나무 위를 경계했다.

그렇게 좀 더 걸어가는데 성준의 감각에 몬스터 한 마리가 걸려들었다.

"헤라! 정면 2시 방향 위쪽!"

"깍!"

헤라의 비명이 들리고 몬스터를 향해 8발의 화살이 날아갔다. 그리고 고슴도치가 된 몬스터가 바닥에 떨어졌다.

성준은 여자들의 행동에 어이가 없어서 고개를 흔들었다. 연기로 변한 몬스터에게서 화살을 회수하고 계속 전진했다.

계속 전진하다 보니 벌써 다섯 마리의 거미형 몬스터가 연기로 변해 사라졌다. 그리고 어느덧 멀리 나무들 사이로 흰 기둥 같은 건물이 보이기 시작했다. 일행의 발걸음이 빨라졌다.

"모두 정지."

성준이 갑자기 일행을 정지시켰다. 그러자 일행의 주위에서 수풀을 헤치고 붉은 눈을 가진, 아까보다 커다란 거미형 몬스터가 한 마리씩 모습을 드러내기 시작했다.

―제4식 조합 키메라 버전.
―2등급.
―날개 달린 곤충류와 거미 계열을 합성.
―강점: 입에서 움직임을 멈추는 실을 발사한다.
―약점: 무게가 무거워 점프 공격만 가능.

성준의 영기분석에 나온 내용은 예상보다 나빴다.
"이런, 모두 원진으로! 위쪽도 대비해!"
일행은 모두 모여들었다. 그리고 성준, 호영, 재식을 삼각형으로 그 안쪽에 쇠뇌를 든 여성들이 섰고 그 안에 양궁을 든 여고생들이 섰다.
"발사!"
성준의 신호에 모습을 드러내는 몬스터들을 향해 화살이 쏘아졌다. 그와 동시에 몬스터들도 입으로 그들의 앞에 구름 모양으로 실을 뿜어냈다. 그리고 화살은 실들에 엉겨 몬스터에게 도착했을 때는 겨우 날고 있을 뿐이었다. 화살은 모두 몬스터에게 부딪치고 바닥에 떨어졌다.
몬스터들은 일행을 포위하고 계속 실을 뿜어냈다. 공중을 가득 메우는 끈적거리는 실이 솜뭉치처럼 일행을 포위하기 시작했다. 일행은 모두 우왕좌왕했다.

"우리가 뚫는다. 모두 따라와."

일행이 움찔하고 있을 때 호영과 재식이 앞으로 나섰다. 그리고 그들은 방패를 앞에 세우고 전면의 실을 향해 달리기 시작했다.

"모두 따라가."

성준도 그들을 따라가며 여성들에게 손짓을 했다.

그리고 그들은 방패에 엉겨 붙은 실을 뚫고 앞으로 달리기 시작했다.

다행히 일행은 그 자리를 벗어날 수가 있었다. 그러나 그들이 구름 같은 실을 벗어나는 순간, 머리 위에서 몬스터가 떨어졌다. 일행이 벗어나는 순간만 기다린 것 같았다.

"그냥 달려!"

성준은 소리를 치면서 능력을 사용해 일행의 위쪽으로 치솟아 올랐다. 그리고 칼에 절단 강화를 가득 걸고 공중에서 온몸을 회전했다.

사방으로 몬스터의 육체가 날아갔다. 그렇게 몬스터들을 절단 내고 성준은 일행의 앞에 굴러 떨어졌다. 호영이 얼른 성준에게 다가갔다.

"윽. 저 좀 업고 가주세요."

성준은 누운 채로 손을 허리에 올리고 인상을 찡그렸다. 호영은 성준을 들쳐 업고 일행과 함께 앞에 보이는 기둥형 건물로 뛰어갔다. 그리고 그 뒤를 거미들이 쫓았다.

잠시의 추격전 후에 숲은 끝났고, 일행이 숲을 나오는 순간 거미들은 숲으로 사라졌다.

일행은 건물 앞에 앉아서 숨을 골랐다. 성준은 아직도 저린 허리를 손으로 두드리면서 끙끙거렸다.

"오빠, 괜찮아요? 나이가 들면 문제가 된다는데요."

하은이 걱정된다는 표정으로 물어보았다. 성준은 괜찮다며 손을 내저었다.

"갑자기 허리에 심하게 압력을 줘서 그래. 좀 쉬면 괜찮을 거야. 이 튼튼한 몸도 능력을 최대로 쓰면 견뎌내기가 쉽지가 않네."

하은은 조심하라고 한마디 하고는 헤라들에게로 갔다. 다들 긴장이 풀린 표정이었다.

성준도 긴장이 살짝 풀어지는 느낌이었다. 귀환 기둥이 있는 곳에서 또 한바탕 몬스터들과 싸워야 하지만 귀환을 목표로만 하면 크게 어려움이 없을 것 같았다.

머리 위 천장의 빛은 조금씩 약해지고 있었다. 성준은 조금 더 쉰 다음에 안으로 들어가기로 했다.

주변이 어둑해졌다. 성준은 몸을 확인했다. 특히 허리를 주의 깊게 확인한 후에 일행을 모두 불렀다.

"모두 잘 쉬었나요?

"네!'

"그럼 이제 마지막 관문을 통과해서 집에 갑시다."

"네~"

일행은 모두 하얀 기둥처럼 보이는 건물에 들어갔다. 전에 보았던 건물과 똑같은 구조로 되어 있었다.

건물은 텅 비어 있었고 가운데에는 쇠기둥이 서 있었다. 그리고 쇠기둥 아래에 일정 영역이 빛나고 있었다. 안에서 보면 같은 곳으로 착각할 것 같았다.

성준은 쇠기둥에 다가갔다. 이번에는 칼로 내려치는 일은 그만두고 바로 쓰여 있는 글을 읽었다.

시간제한 귀환 쇠기둥.

이 던전은 2레벨이 마지막입니다. 보스 잡으면 던전이 사라진다고 합니다.

10분 시간제한. 시간 안에 소환된 몬스터 다 잡으면 보스룸 이동 존으로 변함.

둘이 7분 완료. 시간 오버 후 숫자가 생긴 딸과 같이 다님.

혼자 4분 완료. 이제부터 복수다.

아, 완료. 글 분위기들이 심각하군.

글 내용을 보니 저번 사막 던전보다 먼저 여기에 왔었나 보다. 시간 오버되었다는 문구도 여의도 몬스터홀에서 보았었다.

하지만 그 내용이 중요한 것은 아니었다. 이 귀환 지역도 사막이 있었던 던전과 같은 방식인 모양이었다. 성준은 모두에게 진형을 갖추게 했다.

"모두 약속한 자리로 움직입시다."

활을 든 여고생들을 귀환 기둥 바로 앞에, 그리고 여고생들 앞에는 쇠뇌를 든 여성들이, 그리고 가장 앞은 방패를 든 호영과 재식, 그리고 성준이 있었다. 손을 문양에 올리는 역할은 이번에는 헤라가 하기로 했다.

"자, 올립니다."

말과 함께 헤라는 손을 문양에 올려놓았다.

쇠기둥은 아무 변화가 없다가 위에 작은 문양이 생겼다. 그리고 그 문양은 점점 커지면서 벽 쪽으로 이동했다. 그리고 어느 정도 커진 문양은 환하게 빛이 나더니 그곳에서 비늘이 번쩍이는 공룡 몬스터가 튀어 나왔다.

"어라, 그 무서운 놈 미니 버전이다."

미리가 몬스터를 보고 이야기했다. 성준은 바로 영기분석을 사용했다.

―제1식 조합 키메라.
―1등급.

―고대 공룡과 파충류를 합성.

―특이 능력 없음.

―강점: 돌진 공격이 강함.

―약점: 한 번 달리면 측면 이동이 약함.

"돌진 타입인 것 같아요. 호영 씨, 방어!"

성준은 내용을 확인하자마자 바로 호영에게 소리쳤다.

성준의 말이 떨어지기가 무섭게 몬스터는 앞으로 돌진했고 다행히 호영은 대기하고 있다가 그 공격을 방패로 막았다.

쾅!

호영이 뒤로 움찔 물러섰지만 막아내는데 성공했다. 그리고 따로 말을 하지 않았지만 바로 호영의 뒤와 측면에서 화살이 날아왔다. 3개의 화살은 정확하고 깊게 박혔지만 나머지 화살은 촉만 살짝 박혀 흔들거렸다.

"아, 쇠뇌는 갈수록 무용지물이네."

하은의 한탄을 뒤로 하고 몬스터는 3개의 화살에 의해 곧 쓰러졌다. 몬스터는 연기가 돼서 일행에게 흡수되었다.

"모두 준비해요. 두 마리가 옵니다. 창을 준비해요."

쇠뇌를 들고 있던 여성들은 모두 창으로 바꾸어 들었다.

이번에는 두 개의 문양이 밖을 향해 이동했다. 곧 두 마리의 몬스터가 나타났다.

몬스터가 나타나자 호영과 재식이 자리를 잡았다. 그리고 몬스터가 그들에게 달려들었다.

쾅! 쾅!

호영은 한 번 경험해 본 덕분인지 그 자리에서 뒤로 밀리지 않고 막아 내었고 재식은 뒤로 쭉 밀렸다.

호영의 뒤에서 기다리던 여성들이 창을 몬스터를 향해 내질렀고 다행히 강화된 육체의 힘으로 창은 몬스터의 피부를 뚫을 수 있었다. 몬스터는 바로 쓰러졌다.

재식은 뒤로 밀려나면서 여성들과 충돌해 진형이 무너졌지만 여고생들의 화살 공격으로 처리되었다.

그러자 바로 네 개의 문양이 이동해서 네 마리의 몬스터가 나왔다. 성준이 앞에 나서서 한 마리를 담당했다.

여고생들의 화살에 의해 한 마리가 달려오다가 쓰러졌다.

호영과 재식이 나머지 한 마리씩 담당했고 그 두 마리는 여성들의 창 공격에 쓰러져 버렸다.

성준은 아무 능력을 사용하지 않고 몬스터를 피해서 몬스터의 이곳저곳에 상처를 내더니 결국 쓰러뜨렸다. 성준은 강화된 자신의 육체에 만족했다.

"긴장하세요. 이번에는 여덟 마리입니다."

성준은 모두에게 주의를 주었고 문양이 이동해 몬스터를 토해내었다.

감당하기 힘든 숫자의 몬스터가 나오자 성준은 바로 능력을 사용해 앞으로 튀어나갔다. 그리고 돌진하려는 동작을 취하는 몬스터를 지나치면서 절단 강화된 검으로 몬스터의 목을 베어버렸다.

그대로 날아서 건물의 벽까지 이동한 성준은 공중에서 몸을 회전했고 그대로 능력을 사용해 벽을 박찼다.

그리고 일행 쪽으로 몸을 날리면서 그 사이에 있는 몬스터 두 마리의 목을 날려 버렸다.

성준은 일행의 앞에서 영기가 떨어져 일행의 뒤로 쭉 미끄러졌다.

"오셨어요? 착지 나쁜 슈퍼맨."

문양에 손을 대고 있던 헤라가 성준을 보고 피식 웃으며 이야기했다. 성준은 다시 허리에 손을 얹고 일어났다.

"아이고."

두 번이나 허리에 무리가 간 성준은 신음 소리가 절로 났다. 성준이 뒤를 돌아보자 일행은 몬스터를 잘 막고 있었다.

벌써 두 마리의 몬스터가 화살에 의해 연기가 되었고 두 마리는 재식과 호영에게 막혀 있었다. 나머지 한 마리는 성준이 미리 휘저은 바람에 이제야 다시 돌진하려고 했다.

성준은 얼른 앞으로 나가 자리를 잡았다. 다행히 나머지 녀석이 달려오기 전에 화살을 다시 장전한 여고생들 덕분에 그

녀석은 달려오다가 굴러서 연기가 되었고, 나머지 녀석들도 잡을 수 있었다.

이제 엘리트 몬스터였다. 모두 바짝 긴장한 상태로 대기했다. 성준은 영기가 차는 속도가 늦어 짜증이 좀 생겼다. 문양에서 몬스터가 나타났다.

—제1식 조합 키메라 각성 버전.
—1등급.
—고대 공룡과 파충류를 합성.
—특이 능력 각성: 철벽.
—강점: 강력한 방어력을 가지고 있다. 공격으로도 활용 가능.
—약점: 한 번 달리면 측면 이동이 약함.

새로 나타난 몬스터는 그전 몬스터보다 1.5배 정도 크고 다리가 약간 짧아 좀 둔해 보이는 모습이었다. 대신 더 단단해 보였다.

호영과 재식은 자리에서 대기하고 있었고 여고생들이 바로 화살을 날려 보았다.

슈숙!

화살은 정확하게 머리를 향해 날아갔다. 그리고 부딪치려는 순간 허공에 반투명한 원형의 방패가 생겼다. 그리고 화살은 그 방패에 튕겨져 나갔다.

"이런! 우리 양궁도 안 먹혀요."

미리가 답답해서 소리쳤다. 몬스터는 발을 구르더니 점점 가속하면서 일행에게 달려왔다. 호영과 재식이 자세를 단단히 하고 방패를 들었다. 몬스터는 호영의 바로 앞에서 머리에 방패를 생성하고 호영과 충돌했다.

펑!

묘한 충돌 소리가 나더니 호영이 뒤로 튕겨져 나갔다. 몬스터 역시 그 자리에서 돌진이 막혔다.

재식이 몬스터 앞에 나가 방패로 앞을 막았다. 여성들이 창으로 몬스터를 찌르기 시작했다. 창이 몬스터의 비늘에 닿으려고 하면 몸과 창 사이에 방패가 생겨 공격을 막았다.

성준의 눈에는 몬스터 주위에 빛나는 방패가 마구 생겼다가 사라지는 모습이 묘하게 신비롭게 보였다. 몬스터는 공격을 무시하고 재식의 방패에 머리를 대고 밀어붙이기 시작했다.

"다 찼다."

성준은 영기가 다 찬 것을 확인하고 바로 몬스터에게 달려들었다. 그리고 몬스터의 측면에서 검에 절단 강화를 걸고 강하게 내려쳤다.

펑!

하지만 오히려 반발력으로 성준만 뒤로 몇 걸음 물러섰다.

"아, 같은 능력이라 뚫을 수가 없네… 아! 능력?"

성준은 정신이 번뜩였다.

"모두 산발적으로 공격. 저 방패가 능력이라면 영기만 다 소모시키면 못 만들어!"

일행은 몬스터를 포위하고 공격하기 시작했다. 일행은 계속 방패에 막히면서도 무식하게 공격했고, 몬스터에 의해 재식이 밀려나는 것을 보자 호영이 달려와 재식의 등을 받쳐 주었다.

성준은 방패가 나오지 못하는 타이밍을 노렸다. 어느 순간 몬스터의 몸에서 피가 튀었다. 영기가 부족하기 시작한 것이다. 성준은 바로 절단 강화를 사용해 몬스터의 다리를 그어버렸다. 다리 한쪽이 바로 잘려 나갔다.

몬스터는 구슬픈 소리를 내면서 사방으로 몸을 휘둘렀다. 하지만 능력을 사용 못 하고 다리 한쪽이 잘린 엘리트 몬스터는 일행을 상대할 수 없었다.

영기가 도중에 조금 찼는지 방패로 몇 번 막기도 했던 몬스터는 계속되는 공격에 결국 쓰러지고 말았다. 몬스터의 머리에 성준이 검을 꽂았다.

잠시 뒤 몬스터는 연기가 돼서 사라졌다. 그리고 그 자리에 구슬이 있었다. 성준은 얼른 구슬을 들었다. 성준의 주위에 번뜩이는 시선이 가득 찼다.

"우선 여기를 나가서 이야기합시다."

―영기보석 철벽 레벨 1.
―레벨 1 영기 성장치 100 진입자를 레벨 2 철벽 검투사로 만듦.
―레벨 1 진입자와 레벨 2 검투사의 영기 성장치를 증가시킴.
―적용 방법: 먹기.

얼른 구슬의 정보를 확인한 성준은 구슬을 주머니에 넣고 일행에게 소리쳤다.

일행은 입맛을 다시며 자세를 잡았다. 시선은 계속 힐끔거리며 성준을 바라 보았다. 거의 모두가 100이 된 것 같았다.

그런데 시간이 되었나 보다. 바닥의 문양이 환하게 빛났다. 그리고 일행은 던전에서 사라졌다.

일행이 눈을 뜨니 여의도 공원 몬스터홀 바닥이었다. 이미 한밤중이 되었는지 하늘에는 별이 보였다. 하지만 일행에게 중요한 것은 따로 있었다.

"성준이. 그, 그것 좀 볼 수 있을까?"

온몸을 비비 꼬며 말하는 호영의 모습에 성준은 온몸에 소름이 도는 것 같았다. 성준은 모두에게 소리쳤다.

"내일 오후에 사무실에서 결정합니다. 모두 구슬이 안 보이면 진정할 거예요. 내일 오전은 쉬고 오후 1시에 사무실로 나오세요."

성준은 몬스터홀 밖으로 나오자마자 경비하는 군인에게 인원 및 시간을 체크한 후 바로 해산을 선언하고 집으로 보냈다. 성준도 도망치듯이 집으로 달려갔다.

다음 날, 사무실에 도착한 성준은 사무실에서 휘몰아치는 전장의 느낌에 몸을 떨 수밖에 없었다.

성준은 그가 들어서자마자 모여드는 사람들을 모두 회의실로 보냈다. 그리고 생각을 정리한 후에 회의실로 들어갔다.

모두 자리에 앉자 성준은 이야기를 꺼냈다.

"구슬을 포함해서 몇 가지 일을 정해야겠다고 생각했습니다. 그래서 이 자리에서 토의를 통해 결정하도록 합시다."

그들은 회의실에서 한참 동안 토론한 후에 다행히 의견을 합칠 수가 있었다. 그래서 나온 결론은 이랬다.

첫째, 조합원들이 몬스터홀 관련으로 벌어들인 모든 수입의 30퍼센트를 조합이 따로 관리한다. 이 중에서 사망자를 위한 보상금 명목이 제일 크다. 이번에는 여의도 몬스터홀 보상금의 30%인 300억을 준비금으로 책정한다.

둘째, 구슬은 구슬의 능력과 상성이 맞는 사람에게 전달한다. 두 명 이상이 있으면 추첨으로 결정한다. 그리고 구슬을 받은 사람은 다음에 받게 되는 자신의 보상금의 반을 다른 조합원에게 나누어 준다.

이번 경우 여의도 개인보상금 64억의 반인 32억을 다른 조합원에게 나누어 준다.

추첨 후, 재식이 2레벨 철벽 검투사가 되었다.

제6장
준비

MONSTER
HOLE

조합은 조금씩 자리를 잡아갔다.

우선 던전에서 돌아온 다음 날, 감사로 호영이 선출되었다. 호영은 그냥 고개를 끄덕이는 것으로 수락했다. 그리고 바로 조합 신고를 해서 얼마 뒤에 조합 허가가 떨어질 예정이었다.

그 다음에 헬스장 반을 정리해서 무기술 등을 수련할 수 있는 공간을 만들었다. 하지만 아직 누구에게 강습을 받기는 힘든 형편이라서 성준은 고민 중이었다.

그리고 무기를 주문했다. 성준이 조 단장과 이야기해서 해외에서 수입해 오는 것을 허락받았다.

먼저 여고생들이 쓰던 양궁을 바꾸기로 했다. 현재 쓰고 있는 리커브 보우를 강력한 컴파운드 보우로 바꾸기 위해 수입을 추진했다. 그리고 쇠뇌는 현재 법적으로 금지된 컴파운드 림을 사용한 강력한 쇠뇌를 특별히 허가받아 수입하게 되었다.

"그리고 보람 씨가 우리 조합 홈페이지 구축을 알아봐 줘요. 던전 정보 등 우리가 이용할 수 있는 게 있을 거예요. 보안도 좀 강력한 것이 필요하고요."

이곳은 조합의 회의실로 성준과 보람, 그리고 하은과 호영이 회의를 하고 있었다. 성준은 보람에게 홈페이지 구축을 부탁했다.

"네. 많이 해봤으니까요."

보람은 고개를 끄덕였다.

"그리고 홈페이지를 결제, 특히 해외 결제까지 가능하게 만들어 주세요."

"네? 조합 홈페이지에 결제라니요? 쇼핑몰도 아니고."

보람은 의아해하며 성준에게 물어보았다.

"우리는 앞으로 팔 물건이 있지 않습니까?"

성준은 자신의 팔목의 숫자를 가리켰다.

"아! 시간 늘려주는 구슬."

"다음 번 들어갈 때 가져올 방법을 찾아보죠."

성준의 말에 보람은 고개를 끄덕였다. 하지만 하은은 걱정이 되었는지 성준에게 물어보았다.

"그 구슬, 맘대로 팔 수 있을까요? 정부나 높은 사람들이 알면 가만 안 있을 텐데요."

"우리도 준비해야지. 모두 비밀로 해주세요."

성준은 영기 회복석에 대해 모두에게 다시 한 번 비밀 유지를 부탁했다.

"…전문가가 필요해요."

잠시 뒤 성준은 한숨을 쉬며 말했다. 보람과 호영도 고개를 끄덕였다. 다른 사람들은 이들에게 모든 결정을 맡기고 도망친 상황이었다.

재식은 2레벨이 돼서 흥분하다가 온몸의 힘이 쑥 빠져 버린 것을 느끼고 헬스장에 운동하러 갔다.

그리고 여고생들은 간부 숙직실에 모여 무엇인가 하고 있었고 나머지 사람들은 사무실에서 컴퓨터로 인터넷 삼매경 중이었다.

성준은 도망친 사람들에게 줄 일을 찾기 위해 빨리 회의를 진행하고 있었다.

"기본적인 것은 어떻게든 진행했는데 나머지가 문제예요. 직원을 몇 명 두어야 하겠어요. 우선 당장 필요한 자금 담당은 우선 보람 씨가 진행하고."

"네?"

"그리고 홍보 담당은 하은 씨가 맡고."

"네?"

"그렇게 해도 훈련을 담당해 줄 분하고 사무실 관리 및 저희들 서포트할 사람이 필요해요."

"성준 씨!"

"성준 오빠!"

두 명의 여성이 소리를 빽 질렀지만 성준은 모르는 척했다. 잠시 고민하던 성준은 생각을 정리했다.

"우선 인력 문제는 답이 안 나오니 새로운 무기가 들어올 때까지 기본적인 수련을 합시다."

그리고 성준은 세 명의 여고생을 불러 다른 여성들의 사격 훈련을 맡겨 버렸다. 그리고 관리 책임은 호영에게 맡겼다.

성준은 여성들의 비명을 뒤로 하고 조 단장을 만나기 위해 사무실을 나섰다.

조 단장과 성준은 얼마 전까지 있던 병원 근처의 카페에서 만났다.

"성준 씨, 차 사야겠어요. 다니는데 불편하지 않아요?"

"다들 그 소리네요. 곧 사야죠."

조 단장은 성준을 보자마자 차 이야기를 했다. 버스에서 내리는 성준의 모습을 보고 하는 이야기였다.

"요즘도 많이 바쁘신가요?"

"요즘은 그래도 틈틈이 자고 있어요."

조 단장은 그래도 전보다는 덜 피곤해 보였다. 성준은 자리에 앉아 커피를 시켰다.

그는 성준에게 김 회장을 소개시켜 준 후에 구두로 몇 가지 계약을 했다.

정부, 혹은 조 단장과 협력 관계를 구축하는 건이었다. 그래서 나온 결론은 조합은 외부 정보와 편의를 제공받고 정부는 던전 내의 새로운 정보를 습득하는 것에 대한 구두 계약이었다.

"메일로 보낸 여의도 던전 보고서는 잘 받으셨나요?"

"네. 위쪽 분들도 만족한 눈치입니다."

성준은 영기 회복석 등 몇 가지가 빠진 여의도 던전 보고서를 정부에 제공했었다.

"어차피 계약이니까요. 저희도 무기 제한을 풀어 주신 것과 무기 수입 건을 지원해 주신 것, 감사합니다.

"계약이니까요."

"하지만 독점으로 드리는 것은 아닙니다. 저희 귀환자가 서로 공유해야만 하는 정보니까요."

성준은 홈페이지 구축을 위해 바람을 잡았다.

"네. 그거야 당연하죠."

성준은 말을 돌렸다.

"그런데 아직도 병원에 계시나요? 다들 집으로 돌아가지 않았나요?"

"아. 모르셨군요. 7번째 던전에서 새로운 귀환자가 돌아왔습니다. 그분들이 지금 병원에서 휴식을 취하고 있죠. 한 가족이 살아 돌아왔습니다."

"그래요? 다행이네요, 그럼 그 사람들의 다음 던전 진입은 어떻게 할 건가요?"

"저희야 은성하고 같이 움직이니까요. 그분들도 길성태 씨와 같이 가게 될 겁니다."

성준은 고민에 잠겼다. 조합의 인원을 늘려야 할 필요는 있지만 그렇다고 아무나 받아들이는 것도 문제였다. 성준은 우선 여의도 몬스터홀 성공 후에 생각해 보기로 했다.

그리고 성준은 조 단장에게 현재 상황에 대해 일반 사람은 알 수 없는 내용을 전달받았다.

"전 세계적으로 넘버 피플의 사망률이 50%가 넘어요. 벌써 수십만이 돌아오지 못했습니다. 아마 몇 차례 더 몬스터홀에 들어가게 되면 더욱 숫자가 줄어들 겁니다. 아마 성준 씨처럼 능력이 있는 소수만 남게 되겠지요. 곧 유엔에서 회의가 열릴 겁니다."

조 단장은 계속 이야기했다.

"그리고 우리나라도 던전 유지에 투입되는 병력의 생환률이 70%에 불과해요. 전보다는 많이 올라갔지만 이정도 손실이면 부대에서는 전멸로 판명할 정도지요. 더군다나 싸움을 회피하면서 귀환 지역까지 이동하고 있으니 능력도 강해지지 않는 것 같고…….”

조 단장은 불만이 많은 모양이었다.

“하지만 전보다 확실하게 생존률이 올랐으니 정부는 지금 방식을 유지할 모양입니다. 그래서 그 방식에 반대하는 저는, 아니 저를 포함한 정부 일부에서는 귀환자 조합이 빨리 몬스터홀의 제거에 성공해 주었으면 합니다. 역시 실적을 보여줘야 인정을 해요.”

성준은 고개를 갸웃거렸다.

“부대에는 정 대위가 있지 않았나요? 부상 입었다는 이야기는 들었지만 지금 방식을 좋아하지 않을 텐데요.”

“아, 아직 소문 못 들으셨죠? 정 대위는 상황이 좀 나쁘게 진행되었습니다. 부상에서 회복하기 전에 시간이 다 되었어요. 그래서 몬스터홀에 들어가게 되었는데…….”

조 단장이 그 던전에서 일어났던 일을 이야기해 주었다.

동굴은 빛나는 돌들에 의해 그리 어둡지는 않은 상태였다.

29명의 군인과 1명의 귀환자가 한차례 전투를 벌인 후 이곳에서 쉬고 있었다.

그들과 같이 앉아 있는 정 대위는 답답한 마음에 한숨을 내쉬었다. 주위를 둘러봐도 다들 힘들고 피곤한 모습만 보였다. 국가에 대한 의무감으로 하는 것이지만 다른 대원들을 먹잇감으로 던지고 귀환석으로 내달리는 이런 방식은 도무지 정 대위와 맞지 않았다.

"모두 기상. 얼마 안 남았다. 정신 차리고 다시 움직인다."

앞쪽으로 정찰을 나갔던 정 대위의 다른 동기인 이 대위가 부대원에게 명령했다. 현재 정 대위는 부상 때문에 일종의 서포터로 던전 진입을 허락받았다. 본인도 아직 상처가 다 낫지 않아 격렬한 움직임은 쉽지 않은 상황이었다.

눈치가 보이지만 살기 위해서는 어쩔 수 없었다. 이렇게 길성태의 회사와 부대원으로 이루어진 팀을 따라 참여한 던전 공략은 그야말로 도망의 연속이었다.

부대는 일반 몬스터라고 해도 조금이라도 공격이 안 통하면 바로 피하고 엘리트 몬스터는 운 나쁘게 공격당한 사람을 먹이로 남겨놓고 다른 사람은 도망가는 방식으로 이동하고 있었다. 정 대위는 항의해 보았지만 위쪽의 지시라서 어쩔 수가 없다는 이야기만 들었다.

"이게 안전한 몬스터홀 연장 공략이라니……."

정 대위는 쓴웃음을 짓고는 아직도 다 낫지 않은 옆구리를 붙잡고 일행을 따라가기 시작했다.

그리고 잠시 뒤, 부대원들이 정지하자 무슨 일인지 궁금했던 정 대위는 부대원의 사이를 지나 앞으로 나섰다.

부대원들이 멈추어 서 있는 동굴 앞에는 거대한 공터가 있었다. 그리고 벽 쪽으로 커다란 몬스터가 잠들어 있었다.

몬스터는 3미터 이상으로 보였고 머리가 두 개 달린 인상 나쁜 개처럼 보였다. 그리고 몬스터 뒤쪽으로 다음 지역으로 가는 동굴이 보였다. 아마 그 동굴을 지나면 귀환석 지역일 것 같았다.

모두 서로의 눈치를 보았다. 이 팀은 몬스터를 사냥하는 팀이 아니므로 누군가 나서서 동굴을 막고 있는 몬스터를 유인해야 하는 상황이었다.

벌써 몇 명이 몬스터에게 먹이로 던져져서 이제는 아무도 먼저 나서지 않으려고 했다. 이 대위도 더 이상 부하를 몬스터의 먹잇감으로 주고 싶지 않았지만 도무지 방법이 없었다. 그들 한쪽에 서 있는 귀환자는 여유 있는 표정으로 사람들을 관찰하고 있었다.

정 대위는 이 상황을 보고 한숨을 쉬었다. 이 상황은 그가 생각한 군대에서는 있을 수 없는 일이었다. 정 대위가 나서서 이야기했다.

"내가 유인하지. 아직 몇 분은 버틸 수 있어."

그 이야기에 이 대위는 표정이 밝아지는 것을 숨기려고 노력하면서 정 대위에게 말했다.

"정 대위는 작전 인력이 아니야. 참여 안 해도 돼."

정 대위는 이 대위의 뉘앙스에 속으로 쓴웃음을 짓고 다시 이야기했다.

"내가 지원한 것이야. 책임지지."

그제야 이 대위는 정 대위의 말을 수긍하고 뒤로 물러섰다.

정 대위는 저려오는 옆구리를 손으로 만져보고는 연기로 창을 만들었다. 벌써 여러 번 사용해서 손에 착 감기는 기분이었다.

정 대위는 미소를 짓고 몬스터를 향하여 걸음을 옮겼다.

그리고 그날 나머지 부대원은 모두 무사하게 몬스터홀을 탈출할 수 있었다.

모두가 정 대위가 죽었다고 생각했다. 그래서 부대는 장례를 준비하고 훈장을 수여하기 위해 부산을 떨고 있었다.

하지만 이틀 뒤, 정 대위는 얼굴 한쪽에 눈까지 할퀸 상처를 입고 복귀에 성공했다. 하지만 눈은 실명이 되었고 정 대위는 바로 의병 제대를 신청했다.

귀환자라는 특수 상황 때문에 정 대위의 제대는 바로 처리되었다.

"현재 귀환자가 제대하면 갈 곳은 길성태 씨 회사나 귀환자 조합, 두 곳밖에는 없지요. 정 대위는 길성태랑 같이 있기 싫다고 해서 제가 귀환자 조합을 추천했어요."

조 단장은 밖을 보며 이야기했다.

"그래서 성준 씨하고 만나게 하려고 이리로 오라고 했어요. 딱 시간에 맞추었네요."

카페 밖에는 한쪽 얼굴에 붕대를 감고 손을 들고 있는 정 대위의 모습이 보였다.

카페 밖에서 손을 들고 있던 정 대위는 들고 있는 자신의 팔을 쳐다보았다.

정 대위의 눈에는 팔목 맨 위에 쓰여 있는 2라는 숫자가 보였다.

*　　*　　*

카페에서 이야기를 마친 성준과 정 대위는 여의도 사무실로 돌아왔다. 아직 퇴근 시간 전이라서 모든 인원이 사무실에 있었다.

성준은 정 대위의 이야기를 사람들에게 말했다. 정 대위의 조합 가입은 모두의 환영 속에 수락되었다.

그리고 정 대위, 아니 이제 정주호 씨의 조합 가입이 끝나자 여성들의 뜨거운 환호를 받았다. 특히 얼굴 한쪽에 붕대를 감은 모습이 여성들의 보호 본능을 뜨겁게 자극한 것 같았다.

여성들이 정주호 씨 주위에 모여 '안됐어'를 연발하는 사이에 성준은 호영에게 낮 동안의 여성들 훈련 상황을 물어보았다.

호영은 여성들을 바라보면서 고개를 흔들었다.

"전혀. 다들 하려고는 하는데 영 훈련법을 모르니까 흐지부지되어 버려. 그나마 쇠뇌나 활을 쏘는 자세는 꼬맹이들이 가르쳐 주기는 하지만 언니들이니 강하게 이야기 못 하는 것 같더군."

"그렇군요. 정 대위님이 와줘서 다행이네요. 이제부터 정 대위님에게 맡기면 되겠어요. 사무실에 오면서 훈련을 부탁드렸는데 흔쾌히 수락하시더군요. 호영 씨도 훈련 때에는 정 대위님에게 좀 맞추어주세요."

"그러지 뭐. 그럼 이제부터 정 교관님인가?"

"네. 그리고 내일부터는 정신없이 움직여야죠."

여성들은 내일부터 다가올 고난을 모르고 정주호 씨 옆에서 떠들고 있었다. 그렇게 그날은 새로운 조합원을 맞이하면서 하루를 마쳤다.

다음 날이 되고 모두는 제시간에 사무실로 나왔다. 오전은 개인 업무를 보고 오후에는 헬스클럽에서 훈련을 하기로 했다.

"모두 주목! 여기 어제 우리 조합에 참여하게 되신 정주호 씨입니다. 오늘부터는 훈련을 담당하게 될 훈련교관으로 임명되었습니다. 오후부터는 정 교관님께서 여러분의 훈련을 담당하실 겁니다. 모두 정 교관님의 말을 잘 따라 주세요."

"네~ 알겠습니다."

여성들은 아무것도 모르고 크고 밝게 대답했다. 남성들은 모두 고개를 흔들었다.

우선 성준과 정 교관은 서로에게 자신들이 다녀온 던전을 설명하고 훈련 방법을 토의했다.

성준은 정 교관의 훈련 방식에 대해 듣고 동의했다. 지금 당장 강한 훈련이 필요한 상황이었다. 성준은 정 교관에게 모든 훈련을 일임했다.

그리고 모두 점심을 시켜 먹고 성준은 보람이 섭외한 웹사이트 구축 업체와 미팅을 위해 보람과 함께 사무실을 나섰다.

"아악! 살려줘요!"

"이제 시작입니다. 여러분은 정신 상태가 빠졌습니다!"

그리고 위층 헬스클럽에서 들려오는 비명 소리와 고함 소리를 뒤로 한 채, 지하철을 타기 위해 엘리베이터를 타고 아래로 내려갔다.

보람은 1층으로 내려가면서 강하게 한마디 했다.

"회사 업무용으로 차가 필요해요. 꼭! 꼭! 꼭!"

보람의 말에 여태 계속 이야기를 들은 성준도 동의할 수밖에는 없었다.

"그래. 있어야 할 것 같아. 우선 업무용으로 돌아다닐 때 쓸 자동차 하나와 모두 함께 이동할 때 쓸 미니버스 한 대를 렌트하자."

성준은 보람, 하은과 함께 던전을 다녀온 이후, 개인적으로 이야기할 때는 보람에게 말을 놓게 되었다.

"에? 렌트요?"

"지금 사면 나중에 처리하기 곤란해."

보람은 이해가 안 되는지 고개를 갸웃거리다 손바닥을 딱

쳤다.

"아, 보상금 나와 좋은 차를 사게 되면 지금 산 차들은 애매하게 되네요."

"맞아, 그렇게 생각하고 움직여야지. 어차피 무조건 몬스터홀은 제거해야 해."

"네, 알겠어요. 제가 알아볼게요."

"부탁할게."

보람이 자동차 렌트 업체를 핸드폰으로 찾아보는 사이에 보람과 성준은 옛날 회사 근처에 있는 웹사이트 구축업체에 도착했다. 성준도 전에 한 번 본 업체 관계자여서 서로 얼굴을 알아보았다.

"최성준 씨 맞죠? 제가 이름을 잘 기억해요."

"네, 반갑습니다."

"그런데 은성과 따로 두 분이 이렇게 찾아오신 겁니까? 보람 씨 이야기는 들었는데 잘 이해가 안 되었어요. 은성이 귀환자를 담당하는 것 아닙니까?"

회의실에서 인사하면서 상대편은 좀 이해가 안 되는 표정이었다.

"저희 팀 전체가 귀환자가 된 것은 아시지요?"

"네, 저희도 그 소식을 듣고 깜짝 놀랐습니다."

"그런데 저희 두 사람이 몬스터홀에서 회사 사람하고 떨어지게 되었습니다. 그래서 따로 다른 귀환자 분들하고 힘을 합쳐 귀환자 조합을 만들게 되었습니다. 그래서 귀환자 조합 웹사이트를 구축하려고 합니다."

"그래요? 저희야 뭐, 수주만 받을 수 있다면야 좋죠. 그래서 어떤 내용이 필요하십니까?"

"우선 전 세계 글로벌 웹사이트입니다."

"그럼 영어를 기본으로 해야겠네요."

"아뇨. 모든 사이트를 한국어로 구축하면 됩니다. 단지 게시판 등의 글 쓰는 기능만 다국어를 지원하면 됩니다."

"아, 맞다. 귀환자는 모든 언어 구사가 가능하죠? 알겠습니다. 그렇게 하지요."

상대편은 이제야 이해한 얼굴이었다.

"그리고 가입 시와 접속 시에 본인 확인 질문을 만들어 주세요. 100가지 패턴이면 될 것 같고요. 질문에 20가지 언어를 섞어 주세요. 이 정도면 그나마 귀환자들을 가려낼 수 있을 것 같네요."

"20개국 언어로 100가지 질문을 만들란 이야기인가요? 알겠습니다."

상대편은 좀 더운 모양이었다. 손바닥으로 부채질을 했다.

"그리고 결제 시스템도 부탁합니다. 이것도 해외 결제 가능으로요. 최대한 많은 나라로 부탁합니다."

"네? 결제요?"

"네. 결제요!"

놀라 성준을 보던 상대편은 성준의 표정을 보고 바로 수긍했다.

"알겠습니다."

상대편은 목록을 정리하더니 비용을 이야기했다.

"이렇게 사이트를 구축하면 꽤 금액이 나올 것 같은데요? 특히 해외 결제하고 다국어 질문이 비용이 나오겠네요."

"괜찮습니다. 계약 후 바로 시작해 주세요. 착수금은 계약서를 쓰는 대로 전달하겠습니다."

상대편은 바로 나가서 계약서를 들고 왔다. 그리고 그 자리에서 계약을 했다.

계약을 하고 오면서 보람은 성준에게 물어보았다.

"홈페이지를 귀환자 전용으로 만들 생각인가요?"

"기본적인 조합 홍보는 일반인에게도 하고 귀환자 전용 페이지를 따로 구축해야지. 실무자랑 따로 이야기할 때 정할 거야."

"귀환자 커뮤니티를 만들 생각이에요?"

"그래. 전 세계 귀환자 정보를 우리 사이트 내에서 흐르게 만들어봐야지. 그래야 나중에 귀환자들이 힘을 모을 수 있어. 그리고 우리가 가진 정보나 물건도 팔 수 있는 것은 팔기도 하고."

보람은 고개를 끄덕였다.

보람과 성준은 여의도의 사무실로 돌아왔다. 휴게실에 하은과 여고생을 포함한 모든 여성이 말 그대로 널브러져 있었다.

보람이 깜짝 놀라 휴게실로 뛰어갔다.

"괜찮아?"

보람의 말에 하은이 귀찮은지 손을 흔들었다.

"말 시키지 말아요. 던전 안에서 보다 더 힘들어요. 아이고."

하은의 말이 시작이었다. 모두 한목소리로 투덜거리기 시작했다.

"너무해요. 알 박혔을 거야. 낼 일어나지도 못할 거예요."

"난 방전 중. 교관님 악마."

"애꾸눈 마귀 할아범!"

별소리가 다 들렸다. 그때 성준의 뒤에서 굵은 목소리가 들렸다.

"지금 그 육체는 예상보다 훨씬 좋습니다. 하룻밤만 자면 깨끗하게 원상태로 돌아올 겁니다. 제가 보장하죠."

갑자기 들려온 정 교관의 말에 여성들은 반사적으로 몸을 일으켰다가 훈련 시간이 끝난 것이 생각나 다시 엎어졌다. 자동으로 움직인 자신의 몸에 좌절하는 사람도 있었다.

"그런 것은 보장하지 말아요!"

"우우. 물러가라."

"난 처음부터 정 교관님 안 불쌍했어. 미워, 미워."

정 교관은 하루 사이에 귀여운 곰돌이 장난감에서 뿔 달린 악마로 인지도가 급하락했다.

그렇게 훈련 첫날은 지나갔다.

그 다음 날은 해외에서 무기와 장비가 특송 배달로 여의도 사무실에 도착했다.

100파운드짜리 컴파운드 보우와 화살, 그리고 몇 가지 특수 화살촉이 왔다.

그리고 컴파운드 림이 달린 쇠뇌, 다른 말로 컴파운드 크로스 보우가 모습을 드러냈다.

여성들은 모두 신기해하면서 자신이 쓰게 될 물건을 들어 보았다. 그리고 헬스클럽을 개조한 훈련장에서 컴파운드 보우와 컴파운드 크로스 보우를 쏘아 보았다.

아무 생각 없이 헬스클럽의 시멘트 벽에 쏘아보자 화살이 벽에 퍽퍽 박혀 버렸다.

"애들아, 사용하는데 힘들지는 않아?"

성준은 활의 위력에 놀라 신 나게 활을 쏘고 있는 미리들에게 물어보았다.

"아뇨. 힘이야 부족하지 않고 사용법도 쉬운 편인데요?"

다행히 적응에 문제가 없어 보였다. 그리고 성준은 컴파운드 쇠뇌를 사용해 보고 있는 여성진을 바라보았다.

퍽, 퍽. 퍽!

여성들께서는 헬스클럽 벽에 신 나게 구멍을 뚫고 계셨다.

여성들의 신이 난 표정에 따로 물어볼 필요가 없었다. 확실히 비싼 값을 하는 모양이었다.

그리고 성준은 새로 주문한 방검복과 주문 제작한 창들, 나머지 각종 캠핑 장비 등을 확인했다. 보람과 하은도 옆에서 도와주었다.

전부 구할 수 있는 한 좋은 것으로 구하다 보니 가지고 있던 자금이 숭숭 빠져나가는 것이 눈에 보일 정도였다. 하지만 값을 하는 물건이니 생존을 위해서 꼭 필요한 지출이었다.

"모두들 집합."

정 교관이 훈련장에 있는 모든 사람을 집합시켰다.

"모두들 새로운 무기는 확인해 보았습니까?"

"네. 정말 좋아요."

"새로운 무기는 새로운 정신으로 대해야 합니다. 이제부터 실전에서 다치지 않도록 훈련을 시작하겠습니다."

"에엑?"

여성들은 빽 소리를 질렀고 도망가려던 성준도 결국 붙잡혀 훈련을 받게 되었다.

훈련은 좀 일찍 끝났다. 내일은 다시 몬스터홀을 들어가는 날이었다. 성준은 모두가 모인 곳에서 말했다.

"내일은 여의도 몬스터홀에 다시 들어가기로 한 날입니다. 이번에는 탐사가 목적이 아닙니다. 우리는 이번에 몬스터홀 정복을 목표로 여의도 몬스터홀에 들어가게 됩니다. 모두 최선을 다해서 생명을 지키도록 합시다."

성준은 모두의 얼굴을 한 번씩 바라보고 해산을 외쳤다.

이제 준비는 마쳤다.

바로 그날, 도쿄 시청 앞에서 전보다 큰 몬스터홀 하나가 발생했다. 일본 도쿄에서는 최초로 발생한 몬스터홀이었다. 도쿄에 비상이 걸리고 몬스터홀 주위에는 바리케이드가 쳐졌다.

이런 과정은 도쿄 시청 전망대에서 촬영하던 개인 카메라에 잡혔고 사람들이 몬스터홀 문양에 빨려 들어가는 모습이 그날 저녁 일본의 방송국은 물론 한국에도 방송되었다.

성준의 가족이 늦은 저녁 식사를 하고 있을 때였다. 성준의 핸드폰에 전화가 왔다. 하은의 전화였다.

"호, 여자? 이 시간에?"

지연의 말을 무시하고 성준은 전화를 받았다.

"하은이냐? 무슨 일이야?"

―오빠! 텔레비전 켜 봐요. 뉴스에서 일본 도쿄에 몬스터홀이 생겼다고 해요.

"그것 참 안됐네."

성준은 좀 무덤덤하게 대답하며 텔레비전을 켰다.

―그게 문제가 아니라 몬스터홀 문양이 좀 이상해요.

성준은 뉴스가 방송하고 있는 사고 현장의 모습을 보았다.

성준은 도쿄에 발생한 몬스터홀의 문양을 보았다. 성준은 바로 알아보았다.

　─이상하죠? 아무리 봐도 우리가 저번에 들어갈 때 여의도 모스터홀이 마지막으로 바뀐 문양이에요.

　일본 도쿄에 새로 생긴 몬스터홀의 문양은 2레벨 몬스터홀의 문양이었다. 드디어 자연 발생한 2레벨 몬스터홀이 등장한 것이다.

제7장
도전

　다음 날, 몬스터홀에 들어가기 위해 모인 조합원들은 심각한 얼굴로 일본 몬스터홀에 대한 이야기를 나누고 있었다.

　성준은 그 모습을 보고 손을 들어서 주의를 끌었다.

　"모두 주목! 일본도 걱정이지만 우리 일이 먼저입니다. 좀 있으면 몬스터홀에 들어가야 합니다. 모두 긴장들 하세요."

　성준의 말에 사람들은 그제야 일본 몬스터홀 이야기를 멈추었다.

　"자, 그럼 방검복 등 모든 준비물을 확인하세요. 오늘은 렌트한 차를 타고 몬스터홀 앞까지 갑니다. 한 시간 뒤에 지하 주차장에서 모입시다. 보람 씨는 하은과 혜라랑 장비 확인을 부탁해요."

보람은 고개를 끄덕였다.

"네."

사람들은 모두 흩어져서 무기와 장비를 챙기기 시작했다. 위층의 헬스장에 개인 캐비닛을 배치해서 그곳에 자신의 사용 장비를 가져다 놓도록 했다. 아직 보안이 많이 부족해서 이번에 몬스터홀을 다녀오면 추가로 여러 가지 보완을 해야 할 것 같았다.

여고생들은 간부 숙직실로 뛰어갔다. 그 동안 훈련으로 집에 다녀오기 힘들었던 미리와 친구들은 그곳을 아예 자신들의 방으로 꾸미고 있었다.

짐을 챙긴 일행은 지하 주차장으로 내려왔다. 텅텅 비어 있는 주차장에 15인승 미니버스 한 대와 중형차 한 대, 그리고 중형 고급차가 한 대 서 있었다.

"어라? 왜 세 대죠?"

성준은 어리둥절해서 보람에게 물어보았다.

"한 대는 조합원 전체 이동을 위한 미니버스, 그리고 업무용 차 하나, 간부용 차예요."

"간부요? 간부가 어디 있다고."

보람은 성준을 가리켰다.

"정부나 후원자 분하고도 만나고 다니시잖아요. 감사님께 승인 받았습니다."

옆에서 호영이 고개를 끄덕였다.

성준은 한숨을 내쉬고는 고개를 끄덕였다. 확실히 필요하기는 했다.

일행은 미니버스에 올라타고 여의도 공원으로 향했다. 바로 옆이라서 금방 도착할 수 있었다.

"사무실에서 기다리다가 연락이 오면 차를 몰고 이곳으로 오시면 됩니다.

보람은 임시로 구한 운전기사에게 이야기하고 차에서 내렸다. 다른 사람은 차에서 장비를 꺼내고 있었다.

몬스터홀의 분위기는 얼마 전에 던전에서 나올 때와 크게 달라지지 않았다. 군인들도 일행이 익숙했는지 서로 인사를 나누고 저번과 같이 인원과 시간을 체크했다.

며칠 전에 일 인당 300만 원의 금액이 들어온 것을 보니 정부가 일은 확실히 처리하는 모양이었다.

몬스터홀 옆에 장치해 놓은 강하 장비로 한 명씩 밑으로 내려가기 시작했다. 전에는 영기 상태여서 무기를 안 들고 내려가도 되었지만 지금은 하나씩 새로운 무기를 들고 내려가고 있었다.

재식이 몬스터홀 바닥에 도착하니 몬스터홀의 문양이 바뀌었다. 역시 진입자 레벨에 따라 문양이 바뀌는 모양이었다. 그 뒤를 눈에 안대를 한 정 교관이 내려가고 마지막으로 성준이 아래로 내려갔다.

성준이 도착하고 잠시 뒤, 몬스터홀의 문양은 빛을 내뿜었다.

성준은 감았던 눈을 뜨고 주위를 둘러보았다. 모두 안전하게 이곳으로 들어온 것 같았다.

"모두 출발 준비를 합시다. 들어오기 전에 이야기했던 대로 전투가 시작되기 전에는 제가 지휘하고, 전투가 시작되면 정 교관이 지휘하면서 제가 조언하는 방식으로 진행하도록 하겠습니다."

성준은 말을 이었다.

"저하고 정 교관은 몇 번 같이 전투를 해본 경험이 있으니 앞으로 진행하면서 조정하도록 하겠습니다."

주위를 살펴보았다. 시작 지점은 전에 들어왔을 때와 다를 바가 없었다. 그래서 성준은 일행 모두를 이끌고 동굴을 올라갔다.

"어라? 좀 다르다."

"던전은 같은데 위치가 다른가?"

사람들의 말처럼 전에 들어왔을 때 보았던 던전의 풍경과 좀 다른 모습이었다. 구릉 지역은 마찬가지였고 멀리 숲도 마찬가지로 있었지만 전에 호수가 있던 위치에는 아무것도 없었고 좀 가까운 곳에 전보다 훨씬 작은 호수가 있었다.

성준은 감각을 활성화시켜서 확인해 보았다.

"아무래도 입구가 여러 곳인가 봅니다. 전에 보았을 때 보았던 풍경은 저 멀리 있는 벽에서 보면 비슷한 풍경이 보일 것 같네요."

성준은 멀리 오른쪽 벽을 향해 손을 들어 가리켰다. 사람들은 성준의 신기한 관찰력을 여러 번 보았기 때문에 그의 말을 믿었다.

"그럼 이제 어떻게 하는 것이 좋겠습니까?"

"어차피 저번과 마찬가지입니다. 조심하면서 던전의 중심으로 향하면 됩니다."

정 교관은 성준의 말에 고개를 끄덕였다.

모두 동굴에서 나와 실질적인 던전에 진입했다.

일행은 진행을 갖추었다. 성준은 전처럼 일행의 앞에서 정찰하고 있었다. 하지만 저번과 다르게 뒤에서 따라오고 있는 본진이 크게 걱정되지 않았다.

'사람 한 명 추가 되었는데 많이 다르네.'

어느 정도 진행하던 성준은 뒤를 잠깐 돌아보았다.

호영과 재식이 전과 같이 방패와 장검을 들고 앞장섰다. 그리고 그 양옆으로 헤라와 대학 친구인 다희가 방패와 창을 들고 움직이고 있었다.

그 뒤를 컴파운드 쇠뇌를 들고 있는 하은, 보람, 미영—호영과 같이 다니던 여자—을 이끌고 정 교관이 움직이고 있었다. 맨 뒤는 당연하게 우리 여고생 삼인방이 뒤를 지켰다.

각종 부품이 붙어 있는 활과 쇠뇌를 들고 있는 것을 보니 스팀펑크적인 분위기가 물씬 풍겼다.

성준은 그런 믿음직한 모습에 고개를 끄덕이고 앞으로 나아갔다.

이번에도 몇 개의 언덕을 넘자 언덕 아래쪽에 몬스터 두 마리가 보였다. 두 마리가 고개를 좌우로 돌리며 주위를 살피고 있었다. 경계하는 것처럼 보였다.

성준은 뒤쪽에 신호를 보냈다. 손가락으로 앞을 가리키고 손가락을 두 개 펴서 몬스터의 숫자를 알려주었다.

정 교관은 성준을 보고 사람들의 전진을 멈춘 후 준비시켰다. 성준은 그 모습을 보고 앞쪽으로 영기분석을 사용했다.

―제5식 조합 키메라.

―1등급.

―날카로운 무기를 가진 곤충류와 독을 사용하는 동물 합성.

―특이 능력을 각성하지 못해 대량생산.

―강점: 날카롭고 무거운 네 개의 무기를 들었다.

―약점: 독을 사용하는 동물을 합성했으나 독을 사용 못 함.

역시 코어 던전을 파괴할 때 보았던 구슬 빠진 엘리트 몬스터의 아래 버전이었다. 사마귀처럼 생긴 모습에 네 개의 낫처럼 생긴 팔을 들고 주위를 살피고 있었다.

성준은 감각을 활성화시켜 주위를 살펴보고 더 이상 몬스터가 없는 것을 확인한 후 몸을 일으켰다.

몬스터들은 언덕 위에서 몸을 일으킨 성준을 보았지만 한 마리는 그대로 경계를 서고 한 마리만 달려왔다.

'어라? 예상외네. 다 달려들 줄 알았는데.'

성준은 뒤로 물러서기 시작했다. 언덕의 아래로 몬스터를 유인하자 달려오던 몬스터는 언덕 위를 넘다가 움찔하고 멈추었다. 아래에 있는 인원을 보고 멈춘 것이다.

그리고 그 몬스터는 뒤를 향하여 소리를 질렀다.

"콱콰악."

성준은 고개를 갸웃거렸지만 뒤에 있던 일행은 가만히 있지 않았다. 세 개의 화살이 날아가 몬스터를 직격했다. 몬스터의 단단한 껍질을 뚫고 세 개의 화살은 그대로 박혀 버렸다. 전보다 훨씬 강한 파괴력이었다.

성준은 뒤로 손을 흔들고 연기가 되고 있는 몬스터의 옆을 지나 언덕을 빠르게 넘었다. 아까 소리를 지르는 모습이 심상치 않았다.

"이런."

언덕을 넘은 후 아래를 보자 아까 남아 있던 몬스터가 벌써 앞쪽의 언덕을 넘어가고 있었다.

"본진에 알리는 것인가?"

성준은 추격해야 하나 고민했다. 그는 뒤를 돌아보았다. 혼자서 고민할 필요가 없었다.

성준은 다시 본진에 합류했다.

"한 마리가 남았는데 죽은 몬스터의 소리를 듣고 바로 도망쳤습니다. 본진으로 알리러 가는 것 같았어요."

정 교관이 잠시 생각하더니 주위를 둘러보고 성준에게 말했다.

"우선 시야가 넓은 지역으로 이동하죠."

일행은 앞으로 전진해서 언덕의 위로 올라갔다. 그리고 방패진을 맨 앞에 두고 진을 구축했다.

"그럼 제가 정찰하겠습니다."

하지만 성준이 정찰할 필요는 없었다. 반대편 언덕에서 몬스터의 모습이 하나둘씩 보였다. 아까 보았던 사마귀형 몬스터와 그것보다 덩치는 더 크고, 낫처럼 생긴 팔이 두 개밖에 없는 몬스터가 보였다. 20여 마리나 되는 몬스터는 어느 순간 달리기 시작했다.

"사격!"

정 교관이 소리를 질렀다. 화살이 하늘을 날았다. 전보다 강해진 화살은 쏘는 족족 몬스터를 쓰러트렸다.

덩치가 큰 몬스터에게 날아간 화살을 낫처럼 생긴 팔을 휘둘러 쳐냈다. 성준의 눈이 커졌다. 어디에서도 볼 수 없는 신기였다.

그러자 여성들이 오기가 생겼는지 다음 화살 두 발이 그 몬스터에게 날아갔다.

몬스터는 한 발은 쳐 냈지만 한 발은 몸에 맞았다. 몬스터는 움찔 멈추었지만 다시 움직이기 시작했다. 화살에 맞은 곳에는 녹색의 피가 흐르고 있었고 피에서는 이상하게 연기가 조금씩 나고 있었다.

이상하게 생각한 성준은 바로 그 몬스터에게 영기분석을 사용했다.

―제5식 조합 키메라.

―2등급.

―날카로운 무기를 가진 곤충류와 독을 사용하는 동물 합성.

―특이 능력을 각성하지 못해 대량생산.

―강점: 두 개의 무기를 사용. 피에 산성 독이 있다.

―약점: 피에 묻지 않으면 중독되지 않는다.

"덩치 큰 놈은 피에 산성 독이 있어요. 피가 묻으면 안 돼요!"

성준도 쇠뇌로 가까이 접근한 몬스터를 맞추면서 소리쳤다. 일행의 표정이 굳었다.

"방패조를 제외하고 네 걸음 이상 후퇴. 방패조와 거리를 만들어!"

여성들은 화살을 날리면서 급하게 뒤로 물러섰다.

그리고 그 사이에 몬스터가 방패조와 충돌했다. 그중에 한 마리가 뒤로 튕겨 나갔다. 재식과 부딪친 몬스터였다. 재식도 뒤로 쭉 밀렸다.

"이런, 힘이 약해지니까 답이 없어!"

재식은 투덜거리며 앞으로 다시 달려갔다.

일행은 그래도 잘 막아내는 것 같았다. 몬스터가 달려오다가 반 이상이 사라졌고 나머지도 체계적으로 잘 막아내고 있었다. 성준은 주위를 둘러보았다.

그때 그의 눈에 뒤쪽에서 2레벨 몬스터 두 마리가 달려오는 것이 보였다.

"이제 개나 소나 작전을 쓰냐? 전 뒤에 놈들을 상대하겠습니다."

성준은 정 교관에게 외치며 뒤쪽에서 다가오는 몬스터를 향해 달려갔다. 성준이 다가가자 몬스터 두 마리가 양팔을 들어 공격할 자세를 잡았다.

그때였다. 화살 한 발이 날아왔고 몬스터가 낫으로 화살을 쳐냈다. 여고생 중 누군가가 잠시 시간을 내 엄호한 모양이었다.

성준은 그 틈을 이용해 몬스터 아래로 몸을 던졌다. 그리고 검에 절단 강화를 걸고 몬스터의 다리를 자르면서 지나갔다.

성준이 지나간 뒤에 몬스터의 다리가 날아갔고 다리에서 사방으로 피가 뿌려졌다. 그리고 피에 맞은 풀에서 연기가 피어올랐다.

"이런 방법이 있었군."

성준은 바로 쇠뇌를 생성해서 다른 몬스터에게 쏘고 바로 능력을 사용해 몬스터를 향해 날아갔다. 몬스터는 화살을 낫으로 쳐냈고 성준은 몬스터의 목을 강화된 검으로 쳐내고 앞쪽으로 굴렀다.

"언제쯤 안 구르려나."

성준은 누운 채로 투덜거렸다. 목이 날아간 몬스터는 바로 연기가 되고 다리가 날아간 몬스터도 몸부림을 치며 피를 사방에 뿌리다 연기로 사라졌다.

"와아!"

환호성이 들렸다. 성준은 일행이 있는 언덕 위를 보았다. 일행이 손을 들고 환호하고 있었다. 방패조가 들고 있는 방패에서는 흰 연기가 나고 있었다. 그래도 사고 없이 승리한 모양이었다.

확실히 전력은 강화되었다.

일행은 잠시 쉬면서 분위기를 가라앉힌 후 다시 전진하기 시작했다. 그들의 얼굴에서 자신감이 보이기 시작했다. 그리고 얼마 안 가서 조그마한 호수가 보였다. 연못보다 조금 큰 호수였다.

성준이 주위를 둘러보면서 안전하다고 이야기하자 모두는 호수로 뛰어 갔다.

"그물 꺼내 봐."

"독약은 안 가져 왔어?"

"밖에서 만든 독약은 몬스터한테 안 먹히잖아?"

"그래도 해봐야지."

"낚싯대도 꺼내 봐. 근데 미끼는 뭘 쓰지?"

사람들은 가져온 물건들을 꺼냈다. 그리고 호수를 보았다. 호수는 엄청 맑았다.

"물고기가 있기는 있는데 너무 깊은데 있다."

"물이 얼음장이야. 수영은 힘들겠어."

"위쪽에만 있으면 그물로 어떻게 해보겠는데……."

모든 방법이 실패했다. 낚싯바늘에 건 각종 미끼에도 전혀 반응이 없었다. 모두 낙담했다.

"이 녀석들한테 통하는 것 뭐 없나? 가져온 독약이 통했으면 대박이었을 텐데."

성준은 잠시 생각해 보더니 영기를 사용해서 검을 생성했다. 그리고 영기분석으로 검의 정보를 확인했다.

─*발렌 제국 제식 장검─각성.*

―영기 레벨 2.

―영기 성장치 30.

―영기 100.

―절단 강화 레벨 1, 독날 생성 레벨 1.

―코어 보석에 의해 각성된 검.

성준은 한쪽 무릎을 꿇고 들고 있던 검을 물속으로 거의 손잡이까지 밀어 넣었다. 그리고 검에 있는 모든 영기를 활성화해 독날 생성 능력을 사용해 보았다.

검은 날이 녹색으로 변하기 시작했다. 그리고 녹색으로 변한 검날에서부터 호수 물이 녹색으로 변해가기 시작했다.

잠시 뒤, 호수 위로 독에 중독된 물고기들이 떠올랐다.

녹색으로 물들었던 물은 다시 투명한 색으로 바뀌었고 물위에 떠오른 물고기들은 작은 구슬만 남기고 검은 연기로 사라졌다.

검은색의 윤기 나는 작은 구슬이 물 위에 떠서 반짝거리고 있었다.

성준은 물에 손을 넣는 척했다. 그리고 호수를 영기분석으로 분석한 후 독이 모두 사라진 것을 확인했다.

"물은 깨끗한 것 같네요. 꺼내와도 될 것 같습니다."

일행은 환호성을 지르며 그물을 들고 호숫가를 뛰어가기

시작했다. 몇몇은 고무보트에 바람을 넣고 호수 위로 노를 저었다.

결국 얼마 뒤에 호숫가에서 일행은 침낭을 뒤집어쓰고 오들오들 떨었다.

"그 칼 정말 신기하네. 어디 또 그런 칼 만들어주는 구슬 없을까요?"

옆에서 침낭을 뒤집어쓰고 미리가 성준에게 부러운 표정으로 물어보았다. 성준이 코어 구슬을 검으로 찌르는 것을 호영과 재식이 봐서 여기 있는 사람들은 모두 검의 유래를 알고 있었다.

"그런 구슬은 안 생기는 것이 좋아. 넘버 피플이 또 생기면 안 되잖아."

"아. 그렇죠. 잘못 말했네. 그 사람들 많이 죽었다는데 안 됐다."

성준도 해외에서 수십만이 죽었다는 조 단장의 이야기에 기분이 좋지 않았다. 한국에는 그런 일이 없기를 바랐다.

아무튼 성준의 앞에 백 개 정도 되는 구슬이 쌓여 있었다. 성준은 고민하다가 사람들에게 말했다.

"나갈 때 가져갈 수 있을지 알 수 없으니 우선 똑같이 열 개씩 나누어 드릴게요. 나가서 다시 회수하겠습니다. 그리고 회의해서 사용처를 정하도록 하죠."

성준은 모두에게 회복석을 열 개씩 나누어 주었다. 일행은 모두 조심스럽게 구슬을 받았다. 성준도 남은 열 몇 개 되는 구슬을 챙겼다.

쉬는 김에 식사까지 이곳에서 하기로 하였다. 이번에는 손으로 만든 요리였다.

완전히 소풍 나온 분위기였다.

"먹는 것이라도 잘하자고 언니들이 요리했어요. 한 끼라도 맛있게 먹어야죠."

미리가 대표로 성준에게 이야기했다. 성준도 맛있는 음식에는 감사할 따름이었다. 모두 식사를 마치고 커피를 마셨다. 한가한 호숫가의 분위기를 만끽하고 모두 다시 장비를 챙겼다.

"던전 안에 있을 때 서포터가 있으면 좋을 것 같은데요."

보람이 군장을 챙겨 등에 메는 성준의 옆에서 말했다.

"아무리 힘이 좋아졌다고 해도 이런 짐을 등에 메고 다니면서 전투하기는 쉽지 않아요. 싸우기 전에 내려놓고 싸운다고 해도 기습 받을 때는 움직임이 불편해지고……."

"나도 동의하지만 우리하고 같이 움직이려는 귀환자들은 한국에 없을 거야. 해외의 넘버 피플이라면 모를까."

"그도 그렇겠네요. 에고."

보람은 성준의 말에 고개를 끄덕였다. 전투원과 병참은 분리하는 것이 당연히 좋았다. 하지만 아직 인지도가 없어서 그런 인원을 구하기가 힘들었다. 우선 인지도를 쌓아야 할 것 같았다.

모두 준비를 갖추었다. 성준은 모두에게 출발 신호를 했다.

일행은 다시 진형을 갖추고 이동을 시작했다. 성준은 또다시 일행의 앞으로 나와 정찰을 시작했다.

"전면 방패 들어!"

"화살 일제 발사!"

방패에 막힌 몬스터들은 화살의 일제 발사에 모두 연기가 되었다.

모두들 정 교관의 말에 다행히도 잘 따라 주었다. 호수를 떠난 후 벌써 3번째 전투였다. 모두 힘을 합쳐서 아무 사고도 없이 무사하게 몬스터들을 제거할 수 있었다. 성준도 안심하고 좀 더 멀리 정찰을 다닐 수 있었다.

그렇게 4시간 정도가 지났다. 성준은 이번에 가지고 온 시계로 시간을 확인했다. 수십만 원짜리의 기계식 시계였다.

"조금만 지나면 어두워지겠군."

성준은 주위를 둘러보았다. 이곳은 언덕이 양쪽으로 길게 이어진 곳으로 협곡 같은 느낌이었다. 그리고 앞쪽으로 진행할수록 더욱 깊어졌다. 이미 좌우로는 빠져나가기가 힘들어지기 시작했다.

일행이 몬스터와 전투를 벌이면서 전진하다 보니 어느덧

이런 지형에 빠져 버린 것이었다. 멀리서는 언덕 때문에 지형을 알 수가 없었다.

'뭔가 유인당한 느낌인데…….'

성준은 아무래도 온 길을 돌아가야 할 것 같았다. 바로 결정을 내린 성준은 뒤쪽에서 기다리고 있는 일행을 돌아보았다.

그리고 성준은 일행 뒤쪽 저 멀리에서 빠르지 않은 속도로 내려오고 있는 사마귀 몬스터의 진군을 보았다.

성준은 일행에게 뒤를 가리켰고 바로 좌우의 언덕 위를 확인했다. 역시 그 위에도 몬스터들이 진을 치고 있었다. 언덕 위로 올라가기가 쉽지 않은 상황에서 저 정도 몬스터가 있으면 전멸할 것이 뻔했다.

성준이 고민하는 사이 정 교관은 바로 결정을 내렸다. 일행은 바로 정 교관의 인솔에 따라 성준을 향해 앞으로 달려왔다. 성준은 일행에 합류하면서 정 교관에게 물었다.

"앞으로 가는 건가요?"

"함정에 걸렸습니다. 앞에도 위험할 것은 확실합니다만 다른 쪽은 난전이 발생합니다. 방패수가 부족해 사면을 막을 수 없습니다. 일행의 태반이 죽을 겁니다."

"그럼 앞쪽으로 가는 게 좀 나은가요?"

"적어도 한쪽을 벽으로 해야 합니다. 벽을 등지고 싸우면 방패 벽을 만들 수 있습니다."

성준도 바로 이해했다. 몬스터들은 도망치는 일행의 속도를 맞추어 일정 거리 뒤를 계속 따라 왔다. 앞쪽에 무언가 있을 것 같았다.

"그럼 제가 먼저 가서 앞을 확인하겠습니다."

성준은 능력을 사용해서 앞으로 뛰었다. 성준의 몸은 대각선으로 날아올랐다. 영기 성장치가 100이 된 상태라서 장난이 아닌 속도와 거리가 나왔다.

거의 30미터 이상을 날아간 성준은 바닥에 미끄러지듯 착지하고 다시 달려 나갔다. 그렇게 영기를 채우고 능력을 사용하는 식으로 한 500미터 이상을 전진한 것 같았다.

이미 좌우는 언덕이 아니라 절벽으로 변해 있었다. 좌우의 벽이 높아지는 것이 아니라 길이 점점 아래로 내려가는 것이었다. 성준은 앞으로 달려가다가 딱 멈추었다.

갑자기 협곡이 넓어졌다. 협곡 중간에 커다란 분지가 형성되어 있었다. 다행히 길은 분지 뒤로 계속 이어져 협곡 밖으로 나가는 것 같았다.

하지만 성준이 멈춘 이유가 있었다. 협곡 분지 가운데 거대한 몬스터 한 마리가 몸을 일으키고 있었다.

"역시 몰이였군. 먹이로 준거냐? 어부지리를 노린 거냐?"

성준은 몬스터들에게 이를 갈고 거대한 몬스터의 정보를 확인했다.

─제2식 조합 키메라 각성 버전.

─2등급.

─조류와 파충류를 합성.

─특이 능력 각성: 활공. 공중 밟기.

─강점: 공중에서 강력한 내려찍기.

─약점: 빠르지 못한 이동.

눈앞의 몬스터는 마치 깃털 달린 거대한 익룡을 보는 느낌이었다. 성준은 감각을 활성화해서 정보를 수집했다. 지나가는 것은 불가. 협곡 위로 올라가는 것은 성준을 제외하고 불가였다.

뒤로 달아나는 것도 쉽지 않을 것 같았다. 몬스터는 이제 완전히 일어난 상태로 성준을 바라보고 있었다.

"역시 2레벨 엘리트냐. 괴수 영화를 보는 것 같구면."

성준과 몬스터가 서로 마주보고 눈싸움을 하고 있을 때 성준의 뒤에서 일행이 다가왔다. 일행은 숨도 제대로 못 쉬고 몬스터를 바라보았다.

정 교관이 성준에게 조심스럽게 다가왔다.

"당했군요. 미안합니다. 이런 상황이 올 줄은 몰랐습니다."

"저도 동의했는데요. 괜찮습니다. 그런데 몰이 하던 몬스터들은 어떻게 되었습니까?"

"저쪽 뒤에서 거대한 몬스터의 눈에 안 보이게 숨어 있습니다."

성준은 눈을 들어 협곡의 위쪽을 확인했다. 그곳도 몬스터들이 이곳저곳 숨어 있는 것이 보였다. 성준은 다시 엘리트 몬스터를 바라보았다.

"이놈은 전에 그 공룡 같은 몬스터처럼 봐주지는 않을 것 같은데."

일행은 정신을 차렸다. 그리고 이를 악물고 몬스터를 향해 무기를 들었다. 그제야 몬스터는 슬슬 양 날개를 펄럭였다. 기다렸던 모양이었다.

"공격이 옵니다!"

일행의 앞쪽에서 자리를 잡은 성준은 모두에게 소리쳤다.

몬스터는 펄럭이던 날개를 밑으로 크게 홱쳤다. 그리고 몬스터는 다리의 힘과 날갯짓으로 위쪽으로 높이 점프했다. 거의 협곡 위쪽까지 올라갔다. 그러더니 관성을 무시하고 일행을 향해 내리꽂혔다.

"모두 쏴!"

정 교관은 모두에게 비명 같은 명령을 내렸고 화살은 하늘로 쏘아 올려졌다. 하지만 몬스터와 부딪친 화살은 반은 튕겨 나가고 반은 날개에 꽂혔다. 덩치가 너무 커서 효과는 그리 없어 보였다.

몬스터는 화살을 무시하고 계속 아래로 내리꽂혔다. 성준은 옆에 서 있던 재식의 등을 껴안고 능력을 사용해서 몬스터를 향해 날아올랐다.

"방패로 놈을 막아요!"

재식은 필사적으로 자신의 앞에 방패를 생성했다. 그리고 몬스터와 재식의 방패는 충돌했다.

쾅!

몬스터는 살짝 밀려서 일행의 옆을 내리꽂았다. 땅에 큰 울림과 함께 몬스터가 박힌 땅에서 큰 먼지가 일어났다. 일행은 충격에 몸을 가눌 수가 없었다.

콰르르르르릉!

재식과 성준은 몬스터가 내리박힌 땅에서 좀 떨어진 곳에 처박혀 누워 있었다. 다행히 둘 다 이상은 없어 보였다. 둘은 떨어지는 와중에 성준의 능력으로 위아래 자리를 바꾸고 재식이 방패를 사용해서 충격을 그나마 최소화했다.

하지만 재식은 영기를 바닥까지 사용하고 충격이 너무 심해 움직이기도 힘들었다. 성준은 그나마 겨우 일어나서 구덩이 밖으로 나갔다.

일행은 진동이 어느 정도 가라앉자 미친 듯이 먼지 속으로 화살을 쏘아 넣었다.

"캬아아악."

먼지 속에서 큰 소리가 들리더니 몬스터가 먼지를 뚫고 하늘로 치솟았다. 성준은 자신의 영기를 확인하고 이를 악물었다. 능력을 사용하기에는 영기가 부족했다.

몬스터는 다시 최고 정점에 올라서자 아래를 향해 고개를 숙였다.

그때였다. 어느새 몬스터를 향해 창을 던질 자세를 하고 있던 정 대위의 창에서 빛이 나기 시작했다. 그리고 정 대위는 창을 던졌다.

슈아아아악!

창은 몬스터의 날개를 향해 빛의 꼬리를 끌고 날아가서 몬스터의 날개를 뚫어버렸다!

"삐아아아악."

몬스터는 비명을 지르면서 바닥으로 내리꽂았는데 일행 쪽이 아닌 성준의 앞쪽으로 틀어박혔다.

"우악."

성준은 엉겁결에 충격에 의해 튕겨 나가서 바닥을 굴렀다.

"퉤!"

성준은 입에 들어간 먼지를 뱉어버리고 일어나 몬스터를 향해 뛰어갔다.

"삐익! 쿠악!"

몬스터는 커다랗게 구멍 뚫린 날개가 아픈지 비명을 지르고 사방으로 날개를 홰쳤다. 달려가던 성준은 이를 악물고 검에 절단 능력을 걸고 능력을 사용해서 점프했다.

다행히 방향은 빗나가지 않았다. 검은 성준의 몸과 함께 몬스터와 충돌했고 몬스터의 몸에 검이 박혔다. 하지만 그것보다 날개의 상처가 더 아픈지 몬스터는 날개 쪽만 더욱 신경 쓰는 것 같았다.

그리고 잠시 뒤 몬스터는 눈을 빛내더니 성준을 등에 매달고 일행을 향해 뛰어갔다.

그 모습을 본 호영은 이를 악물고 일행의 앞을 방패로 막아섰다. 그 옆에 방패 두 개가 더해졌지만 아무도 이 방패로 몬스터의 돌격을 막을 수 있을 것이라고 생각하지 않았다.

여성들은 쇠뇌와 활을 계속 당겼다. 화살은 계속해서 몬스터에 튕기고 박혔으나 몬스터는 활을 매달고 일행의 앞으로 달려왔다.

제한 시간에 걸려 창을 쏘아 보낼 수 없는 정 교관은 담담한 모습으로 몬스터가 달려오는 것을 바라보았다.

몬스터는 일행을 향해 부리를 벌렸다.

쾅! 쿠르르르르!

그리고 앞으로 꼬꾸라져 미끄러졌다. 몬스터는 일행의 바로 앞에 멈추어서 날개를 한두 번 퍼덕이더니 움직임을 멈추었다.

그리고 그 몬스터 위에서 성준이 몸을 일으켰다. 성준은 몬스터에 박혀 있는 검을 뽑더니 검을 향해 한마디 했다.

"수고했다."

검에는 아직도 녹색의 빛이 뿜어져 나오고 있었다. 몬스터가 일행을 향해 달려오는 동안에 계속 독을 주입한 것이다.

잠시 뒤 몬스터는 사라지고 성준은 몸을 숙여 구슬을 잡았다.

드디어 2레벨 영기보석이었다.

성준은 구슬에 영기분석을 사용했다.

―영기보석 벽 밟기 레벨 2.

―레벨 2 영기 성장치 100 검투사를 3 레벨 검투사로 만듦.

―레벨 3 이하의 검투사의 영기 성장치를 증가시킴.

―벽 밟기가 추가됨.

―적용 방법: 먹기.

성준은 파랗게 빛나는 구슬을 보고 엄청난 식욕을 느꼈다. 구슬을 들고 손이 저절로 입으로 향했다.

"오빠, 괜찮아요?"

성준을 보고 있던 하은이 성준의 이상한 모습에 다가와서 성준에게 물어보았다. 성준은 하은의 말 덕분에 겨우 정신을 차릴 수 있었다. 그리고 겨우 구슬을 주머니에 넣을 수 있었다.

성준은 그제야 하은을 보고 말했다.

"덕분에 정신 차렸어. 방금 구슬보고 괜찮았어?"

"네. 괜찮았는데요? 아! 맞다. 구슬 보면 먹고 싶고 그러던데 지금은 괜찮았어요."

성준은 하은의 말에 고개를 끄덕였다. 역시 해당하는 레벨의 구슬만 반응하는 모양이었다. 성준은 흩어진 일행을 한 자리에 모았다. 그리고 방금 얻은 구슬 건은 다음에 쉴 때 이야기하기로 했다.

모두 성준의 말에 동의했다. 사방으로 날뛴 몬스터 덕분에 다들 온몸이 먼지로 엉망이었다. 그리고 재식과 성준은 옷마저 다 터져서 너덜거리고 있었다.

성준은 자신의 주위를 감각을 활성화해서 둘러보았다. 협곡 위에 숨어 있던 몬스터들이 모습을 드러내기 시작했다. 그리고 일행이 들어왔던 방향의 통로에서도 몬스터들이 하나둘씩 모습을 드러내고 있었다.

성준은 정 교관에게 말했다.

"몰이 했던 몬스터들이 다시 보이네요. 우리가 만만찮게 보였는지 바로 공격하지는 않네요."

"벽을 뒤로 하고 방패로 앞을 막는 것이 좋겠습니다. 어차피 적에게는 장거리 투사 무기가 없으니 이곳에서 방어하는 것이 좋을 것 같습니다. 다시 이동하다가는 정말로 포위당할 수 있을 것 같습니다."

정 교관은 이 분지 구석에서 방어하자는 이야기를 했다.

성준도 고민하다가 동의했다. 일행은 주위의 몬스터들을

경계하면서 분지의 한쪽으로 이동했다. 다행히 분지 한쪽에 협곡의 벽이 움푹 들어간 곳이 있어서 앞쪽에 방패를 세워놓으면 충분히 방어가 되는 구조였다.

"위쪽에서 내려다보는 놈들은 괜찮을까요?"

"저 높이에서 뛰어내리면 바로 죽을걸?"

성준은 하은의 말에 위에 있는 몬스터들을 보며 이야기했다.

시간은 흘러 천장에서 뿌려주던 빛이 점점 약해지고 있었다. 다시 나타난 몬스터들은 사방에서 모습만 보이고 전혀 접근하지 않았다. 일행은 점점 지루해지고 있었다.

성준이 주위를 살피다 이상한 점을 느꼈다. 몬스터의 숫자가 조금씩 줄어들었다.

"몬스터의 숫자가 줄어드는데요?"

성준의 말에 정 교관도 성준이 가리키는 곳으로 고개를 돌렸다.

"확실히 줄었네요. 우리가 모르는 사이에 숫자를 빼내는 모양인데 이유를 알 수가 없네요."

정 교관이 말을 이었다.

"뒤쪽의 몬스터나 협곡 위의 몬스터도 좀 더 정확한 숫자를 알면 좋겠는데."

"제가 알아오죠."

정 교관의 동의를 얻은 성준은 감각을 활성화시켜 협곡의 벽을 바라보았다.

충분히 올라갈 만했다.

성준은 검을 꺼내 들고 벽 중간의 목표 지점을 확인했다. 그리고 능력을 사용해서 위로 점프했다.

성준은 순식간에 10미터 이상을 뛰어올랐다. 거의 4층 높이를 뛰어오른 것이다. 사람들은 고개를 들어 성준의 모습을 바라보았다.

공중으로 올라가던 성준은 전면의 벽에 절단 강화가 걸려 있는 검을 찔러 넣었다. 검은 앞쪽의 돌을 뚫고 깊게 박혔다. 성준은 예상대로 된 것에 안도의 한숨을 쉬었다.

몬스터들은 아직 움직임이 없었다. 주위가 조금씩 어두워지고 있어서 성준의 모습을 파악하지 못했는지도 몰랐다. 성준은 위쪽을 올려다보았다. 아직 두세 번 정도는 더 올라가야 할 것 같았다.

성준은 영기가 다 채워진 것을 확인한 후에 벽에 박혀 있는 검 위에 올라섰다. 몸을 잠시 흔들어 보자 단단하게 박혀 있는 모습이 충분히 성준의 점프를 감당할 수 있을 것 같았다.

성준은 다시 한 번 위로 점프했다. 그리고 박혀 있는 검을 영기로 사라지게 한 후에 다시 손에 그 검을 생성했다.

이런 식으로 성준은 협곡 위로 올라설 수 있었다. 성준은 협곡 모서리에 매달려 위쪽을 머리만 살짝 빼서 보았다. 사마귀 몬스터 한 마리가 자리를 지키고 있었다.

성준의 위치에서는 몬스터의 등이 보였다. 성준은 조용히 위로 올라가서 살금살금 다가갔다. 그리고 검에 절단 강화를 걸고 몬스터의 등에 검을 박아 넣었다. 검에 관통당한 몬스터는 몸을 부르르 떨더니 그 자리에 쓰러졌다.

성준은 자세를 낮추고 주위를 둘러보았다. 아직은 몬스터들에게 들키지 않은 것 같았다. 그리고 앞에 보이는 작은 바위 뒤로 이동해서 감각을 활성화해서 사방을 살펴보았다.

강화된 시력 덕분에 어두워진 상황에서도 멀리까지 볼 수 있었다.

주위를 둘러보자 몬스터들은 퇴각 중이었다.

'우리에게 들키지 않게 퇴각이라니. 우리를 여기에 남겨놓고 싶은 것인가? 여기에 뭐가 있다고 그러지?'

성준은 생각을 계속 이어나갔다.

'저번에 들어왔을 때도 이 정도 위치에서 거대한 공룡 몬스터를 만났고 이번에도 2레벨 엘리트 몬스터를 만났는데.'

성준은 천장을 올려다보았다. 이제는 많이 어두워져서 흐린 빛이 나오는 거대한 구슬을 확인할 수 있었다.

'이제 밤이 된다. 밤에 나오는 몬스터?'

성준은 결론에 도달했다.

"제길, 밤에 나오는 2레벨 엘리트 몬스터인가?"

성준이 고개를 내리자 멀리서 검은 연기가 조금씩 몰려오기 시작했다. 이상한 생각에 바로 영기분석을 사용했다. 아슬아슬하게 영기분석 거리가 되었다.

—제3식 조합 키메라 각성 버전.
—2등급.
—투명 생명체 위주로 양서류를 합성.
—특이 능력 각성: 부위 영기화.
—강점: 영기화를 무기로써 사용할 수 있다.
—약점: 영기화 후 속도가 느리다.

성준은 바로 밑으로 뛰어내렸다. 그리고 떨어지는 속도가 너무 빨라지는 것 같자, 바로 절단 강화를 건 검을 눈앞의 벽에 꽂아 넣었다. 팔이 빠지는 것 같았다. 성준은 이를 악 물고 다시 검을 사라지게 했다. 다시 밑으로 다시 떨어졌다.

쿵!

거의 충돌하다시피 바닥에 도착했다. 이를 악물고 몸을 일으킨 성준이 검을 든 어깨를 주무르면서 외쳤다.

"엘리트 몬스터가 옵니다! 달아나야 합니다."

성준은 중앙으로 향하는 통로를 가리켰다. 이제 곧 밤이었다. 밤에 엘리트 몬스터를 상대할 생각이 추호도 없던 일행은 모두 짐을 챙겨 성준이 가리킨 통로로 뛰기 시작했다.

일행의 달리기는 던전 중앙을 감싸는 숲 앞에서 끝났다. 다행히 엘리트 몬스터의 추격은 없었다. 하지만 일행이 달리는 와중에 보이는, 시야 한쪽을 메우면서 다가오는 검은 연기의 모습은 모두를 질리게 하기에 충분했다.

이미 주위는 어두워져 있었다. 주위의 배경이 흑백으로 보이기 시작했다.

성준을 제외한 모두는 지쳐서 숨이 헐떡거리고 있었다. 아무리 육체가 강화되었다고 하지만 이런 엄청난 속도의 장거리 이동은 모두에게 무리였다. 특히 2레벨 이후에 바로 던전에 들어온 재식은 나중에는 호영에게 매달려서 끌려왔다.

그래도 같은 2레벨인 정 교관은 재식 정도는 아닌 모양이었다.

"정 교관님은 그래도 잘 버티시네요."

"지금 2레벨 40 정도예요. 1레벨 때 80 정도의 감각이더군요. 버틸 만합니다."

성준의 말에 대답하는 정 교관이었다. 그렇지만 그의 얼굴에도 땀이 비 오듯 흐르고 있었다. 성준은 모두를 이곳에서 쉬게 했다. 재식은 아예 드러누워 버렸고 여성들도 다들 퍼져 버렸다.

"어차피 여기서 야영해야 합니다. 잠시 쉬고 잠자리를 준비합시다."

성준의 말을 들은 여성진은 아예 잘 생각이 들은 모양이었다.

"난 저녁 통과. 불침번 때 깨워요."

"나도 잘래."

정 교관은 자려고 하는 여성들을 굴리고 흔들어서 다들 일어나 식사를 하게 했다.

"식사는 꼭 해야 합니다. 전투 시에는 열량 섭취를 해야 돼요!"

"악마! 악당!"

"애꾸눈 싫어. 군인 싫어. 남자 싫어."

벌써부터 침낭을 피고 들어갔던 여성들이 끌려 나오면서 정 교관의 욕을 했다. 그래도 잠시 뒤 수긍하고 저녁을 먹는 모습에 성준은 안도했다. 정 교관과 팀의 융화는 이제 별로 걱정할 필요는 없는 것 같았다.

그렇게 저녁 식사를 한 후, 일행은 주위에 다시 경계를 위한 장애물들을 설치하고 불침번을 세운 뒤 잠자리에 들었다.

모두 잠자리에 들자 주위는 조용해졌다. 이 던전에는 풀벌레 같은 생명체가 존재하지 않으니 소리라고는 가끔 들리는 바람 소리뿐이었다. 불침번들도 피곤한지 눈을 비비고 있었다. 그렇게 몇 시간이 지났다.

땅. 땅.

불침번은 눈은 번쩍 떴다. 경계로 깔아놓은 깡통 소리였다.

땅. 땅. 땅. 땅.

사방에서 깡통 소리가 들리기 시작했다. 불침번은 자리에서 일어나 몸을 풀기 시작했다. 별빛에 얼굴이 드러났다. 성준이었다.

"손님들 오셨다."

성준의 말에 사람들이 몸을 일으켰다. 일행 모두는 쇠뇌와 방패를 들고 준비를 갖추고 있었다. 쇠뇌와 활에는 기름먹인 천이 감긴 화살이 걸려 있었다.

그리고 보람이 라이터로 횃불에 불을 붙였다. 미리들이 졸린지 투덜거렸다.

"빨리 잡고 자죠. 너무 졸려요."

성준과 조합원들은 이번 던전에 들어올 때 몇 가지 준비를 했다. 특히 야간 기습에 대비해 기름 먹인 천을 끼울 수 있는 특수 활촉도 준비했다.

보람이 횃불을 들자 사방이 밝아졌다. 주위에서 들리던 소리가 모두 멈추었다. 호영이 들고 있던 강력한 수동 분무기로 사방에 먹물 섞인 기름을 뿌렸다. 검은 얼룩이 묻은 형체가 다섯 군데에서 흐리게 나타났다. 그리고 바로 나타났던 모습이 사라지기 시작했다.

보람은 달려가면서 화살에 불을 붙였고 불이 붙은 화살은 바로 전방을 향해 날아갔다.

"꺄아아아악!"

사방에서 몬스터의 비명이 울려 퍼졌다. 그리고 성준과 정 교관이 좀 더 덩치가 있는 몬스터에게 달려갔다. 그 몬스터의 팔에는 불이 붙어 타오르고 있었다.

"이번에는 놓치지 않는다!"

성준은 소리치면서 검을 내려쳤고 몬스터는 검을 피하기 위해 몸을 영기화하다가 실패하고 성준의 검에 옆구리가 터져 나갔다.

"꺄아아아악!"

몬스터는 뒤로 쭉 밀려 나가면서 그 여세를 몰아 도망치려 했지만 그곳에는 정 교관이 있었다. 정 교관은 자신 쪽으로 오는 몬스터의 등을 창으로 눈에 안보일 정도로 찔러댔고 몬스터의 등에서 핏줄기가 사방으로 뿜어져 나왔다.

성준은 정 교관에 막혀 멈춘 몬스터에게 능력을 사용해 달려들어 머리에 강화된 검을 꽂아버렸다.

"크룩. 크룩."

몬스터는 신음 같은 비명을 몇 번 내더니 몸 전체를 경련했다. 그리고 성준이 검을 뽑아내자 그 자리에서 허물어졌다. 그리고 몬스터는 검은 연기가 돼서 사라졌다. 바닥에 떨어진 투명한 구슬을 집어 든 성준은 뒤를 돌아보았다.

일행의 주위에서 온몸에 불을 붙이고 쓰러져서 괴로워하는 몬스터의 모습이 보였다. 그리고 그 몬스터들의 머리에 마지막으로 화살이 박히자 몬스터들은 연기가 돼서 사라졌다.

일행은 말없이 서로 손바닥을 마주쳤다. 밤이라서 주위에 소란을 피울 필요가 없었다. 모두가 만족스러운 전투였다.

"하음. 이제야 자겠네요."

"아~ 졸려."

모두 졸린지 눈을 비비기 시작했다. 이번에는 정말로 잘 준비를 시작했다. 불침번을 세우고 모두 잠자리에 들었다. 그날 밤은 그 뒤로 그렇게 조용히 지나갔다.

아침이 되었다. 시계를 보니 아침 7시 정도에 빛이 들어오는 것 같았다. 모두 부산하게 움직여 세면을 하고 식사를 했다. 그렇게 움직일 준비를 마치자 성준은 모두를 모이게 했다.

성준은 주머니에서 어젯밤에 잡은 몬스터에서 나온 투명한 구슬을 꺼냈다.

―영기보석 육체영기화 레벨 1.

―레벨 1 영기 성장치 100 진입자를 레벨 2 육체영기화 검투사로 만듦.

―레벨 1 진입자와 레벨 2 검투사의 영기 성장치를 증가시킴.

―적용 방법: 먹기.

정보를 확인한 성준은 애매한 표정으로 주위를 둘러보았다.

1레벨 100을 채운 사람들은 모두 구슬을 보고 침을 흘리고 있었다.

"만약 우리가 잡은 몬스터의 능력을 담고 있다면 이 구슬은 몸을 검은 연기로 만들어 적의 공격을 통과시키는 것이 능력인 것 같은데요."

성준의 말에 사람들은 정신이 번쩍 들었다.

"혹시 투명화 아닐까요?"

"아냐. 여태 구슬은 엘리트 몬스터의 고유 능력이었어."

자신들끼리 이야기하던 사람들은, 특히 여성들은 뭔가 질색인 표정이 되었다.

"연기가 돼서 흐느적거리며 움직인다니 느낌이 이상해!"

"아, 먹고는 싶은데 변한 모습을 생각하면 끔찍하고."

"나… 난 통과. 더, 더 좋은 것이 나올 거야!"

갈등으로 공황 상태가 되고 있는 사이로 한 명이 손을 들었다.

"제가 먹을게요."

미영이었다. 호영과 같이 다니고 있는 여성이었다. 술집을 다녔다고 하는데 항상 조용히 있어서 미인이더라도 상당히 존재감이 없는 여성이었다.

미영은 나긋나긋하게 앞으로 나왔다. 웨이브진 머리가 좌우로 흔들거렸다. 그녀는 두 손가락으로 성준의 손에서 구슬을 살짝 집어 올렸다.

"다들 생각이 없어 보이는데, 제가 가져가도 되죠?"

미영은 성준 눈을 나른하게 바라보며 말했다. 온몸에서 묘한 향기가 나는 것 같았다.

"네, 네. 그렇죠."

말을 하던 성준이 정신이 번쩍 들었다. 역시 프로. 당할 뻔했다.

"아뇨. 모두와 이야기해 봐야죠."

성준이 정신을 차리고 다시 말하자 미영은 성준을 묘하게 바라보고는 뒤돌아섰다. 그리고 일행을 둘러보고 말했다.

"제가 가져가도 될까요? 맘에 드는 능력이라서요."

다들 어리둥절하면서 고개를 끄덕였다. 그때 하은이 대표로 물어보았다.

"그 능력 어디가 맘에 들어요?"

미영은 호영을 지그시 바라보면서 말했다.

"던전 밖에 나가서 호영 씨랑 밤에 있을 때 써보려고요. 재미있을 것 같아요."

호영은 움찔 놀랐다.

일행이 다시 출발하기에 앞서서 미영은 구슬을 먹었다. 그리고 몇 분 동안 몸을 붙잡고 고통스러워하더니 잠시 뒤에 몸의 이곳저곳을 확인했다.

"확실하게 힘이 줄어들었어요. 몬스터홀에 들어오기 전보다 좀 더 강한 정도인 것 같아요. 재식 씨가 힘들어 하던 이유가 있었네요."

"그 상태에서 검은 연기를 얻어서 마지막 숫자가 올라가면 전보다 많이 강해집니다."

미영의 말에 성준이 대답했다. 성준도 처음에는 걱정이 많았지만 지금 2레벨 100이 되어보니 1레벨 100 때보다 거의 반 정도는 더 강해진 느낌이었다.

"뭐, 어쨌든 한 번 능력을 써 볼게요."

미영은 눈을 감고 몸속의 영기의 흐름을 느껴보았다. 사용법은 2레벨이 되니 자동으로 알 것 같았다.

미영은 바로 능력을 사용했다. 그녀의 몸이 살짝 흐려지더니 검은색의 연기로 변해갔다. 전부 다 변했다고 느껴지는 순간 다시 원래대로 돌아왔다. 미영은 인상을 쓰면서 팔목을 바라보았다.

"뭔가 금방 0이 되는데요? 그리고 능력을 사용하는 순간 저 빛이 상당히 거슬리는데요? 어두운 곳에서도 써 봐야겠지만 느낌상으로 밝은 곳에서는 능력을 사용하기 힘들 것 같아요."

몬스터도 빛을 싫어하더니 능력 자체의 문제였던 모양이었다.

그 정도로 새로운 능력에 대한 실험을 마치고 일행은 숲을 향해 출발 준비를 했다. 이 숲은 벌써 이번이 두 번째였다. 이것저것 준비는 했지만 잘 통할지는 알 수가 없었다.

일행은 숲으로 진입했다.

여성들은 모두 활과 쇠뇌를 나무 위쪽을 향해 겨누면서 주위를 둘러보았다. 방패를 든 남성들은 전면과 후면을 살폈다. 그리고 정 교관은 일행의 모습과 안전을 확인하고 성준은 전체를 두루 살피고 있었다.

미리가 한쪽을 향해 활을 쏘자 좀 떨어진 나무 위에서 거미 형태의 몬스터 한 마리가 땅에 떨어졌다. 성준이 바로 몬스터를 확인했다.

—제4식 조합 키메라 버전.

—1등급.

—날개 달린 곤충류와 거미 계열을 합성.

—강점: 날 수 있다.

—약점: 입으로 분출하는 실에 날개가 걸려 잘 안 날려고 함.

전에 보았던 거미 형태의 1레벨 몬스터였다.

하은이 떨어진 몬스터의 머리에 화살을 쏘아 마무리했다. 이번에는 여성 중 아무도 소리를 지르지 않았다. 그 동안의 훈련이 도움이 된 모양이었다.

일행은 그렇게 착실하게 몬스터를 제거하면서 숲의 안쪽

으로 걸음을 옮겼다. 그렇게 전진하는 와중에 성준이 갑자기 사람들을 멈추게 했다.

"전방 지면에 거미형 몬스터 여러 마리. 넓게 퍼져서 옵니다."

성준의 감각에 2레벨 거미형 몬스터가 멀리서부터 다가오는 것이 걸려들었다.

—제4식 조합 키메라 버전.
—2등급.
—날개 달린 곤충류와 거미 계열을 합성.
—강점: 입에서 움직임을 멈추는 실을 발사한다.
—약점: 무게가 무거워 점프 공격만 가능.

이번에는 2레벨 몬스터였다. 다행히 이번에는 아직 포위당하지 않은 상태였다.

일행은 성준의 말에 바로 뒤로 후퇴하기 시작했다. 일행이 빠른 속도로 뒤로 이동하자 몬스터도 숨어서 다가오는 것을 포기하고 빠른 속도로 일행을 향해 달려왔다.

몬스터가 속도를 내 달리자 그 모습이 일행의 눈에도 보였다. 모습이 드러내자 바로 활과 쇠뇌의 사격이 시작되었다. 달려오던 몬스터는 일제 사격에 반이나 쓰러져 버렸고 남은 몬스터들은 입에서 구름 같은 실을 뿜어내기 시작했다.

그 모습을 본 일행은 다시 뒤로 후퇴하기 시작했다. 이렇게 후퇴하는 방식은 실을 뿜는 2레벨 거미 형태 몬스터를 상대하기 위해 생각해 두었던 방식이었다. 아무리 몬스터가 뿜어내는 실의 방어력이 높아도 자리를 옮기면 그만이었다.

몬스터는 어쩔 수 없이 자신이 뿌린 실을 뚫고 일행을 쫓아오기 시작했다. 그리고 한 마리씩 활과 쇠뇌에 저격당해 연기로 사라지고 말았다. 일행의 얼굴에는 자신감이 차오르고 있었다. 정 교관도 잠깐 정비만 시키고 분위기를 가라앉히지는 않았다.

그렇게 숲을 거의 통과해 가고 있었다. 숲은 이렇게 무사히 넘어가는 것 같았다. 그들은 조금 긴장이 풀린 모습으로 숲속을 전진해 나갔다.

그들은 상당히 큰 공터에 들어서게 되었다.

그 동안 공터에서의 고생을 생각하고 일행은 모두 긴장했다.

일행이 모두 긴장한 상태로 공터에 들어선 순간 일행의 뒤쪽에서 나무를 타고 거미 형태의 몬스터가 내려오기 시작했다. 성준이 몬스터들을 발견했지만 이미 너무 늦어버렸다.

윙. 윙. 윙. 위~잉!

공터를 둘러싸고 있는 나무들 아래에서 곤충의 날갯짓 소리가 들리기 시작했다.

나무에서 내려온 거미 형태의 몬스터도 투명한 날개를 펼치더니 날개를 맹렬히 떨어 마치 잠자리처럼 공중에 떠오르기 시작했다.

공터를 뺑 둘러싼 나무 아래에서 몬스터 백여 마리가 공중으로 떠올랐다. 적이 아니었으면 감탄이 절로 나올 정도의 장관이었다. 결국 일행의 머리 위와 사방으로 백이 넘는 거미 형태의 몬스터가 그 날개를 펼치고 날아다니게 되었다.

나무 사이에서 덩치가 커다란 거미 형태의 몬스터가 등장하기 시작했다. 2레벨 거미형 몬스터였다.

일행은 얼굴이 하얗게 되어서 사방으로 활을 겨냥했다. 이 정도의 몬스터 군단이면 도대체 피할 방법이 없었다. 하지만 성준은 주위에 더욱 감각을 활성화해서 살폈다. 무엇인가 더 나올 분위기였다.

성준의 감각에 거대한 몬스터의 형태가 잡혔다.

―제4식 조합 키메라 각성 버전.

―1등급.

―날개 달린 곤충류와 거미 계열을 합성.

―특이 능력 각성: 마비 침.

―강점: 입으로 마비 침이 묻은 실을 쏘아 적을 마비.

―약점: 몸이 무거워 오래 못 난다.

1레벨 엘리트 몬스터까지 등장했다. 등장한 엘리트 몬스터는 한 마리가 아니었다. 엘리트 몬스터 세 마리가 삼면에서 일행을 향해 움직였다.

그리고 성준의 감각에 저 멀리 왼쪽 숲에서 나무가 흔들거리는 모습이 포착되었다.

쿵. 쿵. 쿵. 우지끈!

잠시 뒤에 일행의 왼쪽 숲에서 커다란 발소리가 들리더니 나무가 멀리서부터 좌우로 하나씩 쓰러지기 시작했다.

일행을 에워싸고 있던 몬스터들은 엘리트 몬스터만 남기고 숲 속으로 물러가기 시작했다. 엘리트 몬스터는 일행을 세 방향에서 포위했다.

"이거 포로가 왕을 알현하는 분위기인데요?"

하은의 옆에 있던 다희가 안경을 올리면서 이야기했다. 다희는 판타지 소설광인 모양이었다.

성준은 감각을 활성화해 주위를 쓱 둘러보고 말했다.

"그럼 왕이 등장하기 전에 경비들을 베고 도망쳐야지."

성준은 옆에 있는 재식을 붙잡았다. 그리고 전면의 엘리트 몬스터에 능력을 이용해서 몸을 날렸다. 성준은 몸을 날리면서 정 교관을 힐끗 보았다. 눈이 마주친 정 교관은 성준의 의도를 바로 알아차렸다.

"전진! 조합장이 전면을 뚫을 때까지 다른 몬스터를 막아!"

정 교관은 일행에게 소리쳤다.

성준은 날아가면서 같이 날아가고 있는 재식에게 소리쳤다.

"어서 방패 능력을 써!"

"또 인간 방팹니까?"

재식은 방패 능력을 활성화하면서도 무척이나 억울해했다.

성준은 날아가면서 도중에 재식을 몬스터를 향해 밀어버렸다. 재식은 성준보다 빨리 몬스터의 앞에 도착했다.

날아오는 재식을 보고 몬스터는 반사적으로 입에서 실을 뿜어냈다. 실은 방패를 포함해서 재식까지 덮어버렸고 몬스터의 능력은 바로 발동되었다. 재식은 온몸이 마비되었다.

재식은 마비된 상태로 앞의 몬스터와 충돌해 버렸다. 재식은 거미줄에 휩싸인 채 튕겨 나갔고 몬스터는 뒤쪽으로 밀려났다. 밀려난 몬스터의 눈앞에 성준이 들이닥쳤다.

몬스터는 반사적으로 실을 뿜기 위해 입을 벌렸지만 성준은 몬스터와 너무 가까웠다. 성준은 몸을 숙여 몬스터가 뿜어낸 실을 피하고 몬스터의 턱 아래로 들어갔다. 그리고 어깨로 몬스터의 몸을 받치고 절단 강화가 걸린 검을 그대로 몬스터의 턱 아래에서부터 위로 쑤셔 넣었다.

그 상태로 성준은 뒤의 일행을 보고 소리쳤다.

"잡았어요. 모두 빨리 뛰어요!"

나머지 일행은 엘리트 몬스터를 화살로 견제하면서 성준 쪽으로 움직이는 중이었다. 그리고 성준의 말이 끝나자 모두 뛰기 시작했다. 얼른 구슬을 챙긴 성준도 재식을 짊어지고 일행을 따라 달렸다.

남은 두 마리의 몬스터는 그 자리에 멈추어 서서 일제히 소리를 질렀다.

"쿠와와왁!"

그러자 어느새 가까이에서 들리던 나무 넘어가는 소리가 멈추었다. 그리고 커다란 소리가 숲 전체를 울렸다.

"크와와왕!"

일행은 공터의 중간을 지나가면서 그 엄청난 소리에 모두 휘청거렸다. 성준은 재식의 무게 때문에 더욱 힘든 상태였다.

온 숲이 울었다.

거대 몬스터 때문에 자리를 피해 있던 거미형 몬스터가 사방에서 공터를 향해 달려들고 있었다. 나무 위로는 1레벨 몬스터들이 나무 사이를 건너뛰면서 다가오고 아래에서는 2레벨 몬스터들이 쏜살같이 공터로 접근했다.

그리고 나무가 넘어지는 소리가 빨라졌다.

일행은 다행히 공터의 반대편에 거의 다 왔다. 앞쪽에는 두 마리의 2레벨 몬스터가 보였고 앞쪽 나무 위에는 1레벨 몬스터 두 마리의 모습이 보였다.

2레벨 거미형 몬스터는 입을 벌려 실을 주위에 내뿜었고 나무 위의 몬스터들은 일행의 위로 뛰어내렸다.

호영은 왼쪽으로 실을 뚫으면서 달려갔다. 반대편 몬스터는 빛나는 창에 몸을 꿰뚫렸다.

머리 위로 떨어지던 몬스터에게는 화살에 쏟아졌고 몬스터들은 모두 벌집이 돼서 일행의 뒤에 떨어졌다. 일행은 숲으로 뛰어들었다.

일행이 떠난 공터에 거대한 몬스터가 등장했다. 나무 위로 거대한 더듬이가 보였고 여덟 개의 다리는 거대한 기둥 같았다. 입에서는 녹색의 침이 흐르고 있었고 두 눈은 일행이 도망친 방향을 향해 있었다.

그 거대한 거미형 몬스터는 성질이 났는지 사방의 나무를 그 다리로 부서대고 있었다. 그리고 다시 고개를 위로 하고 소리를 지르자 숲 속에 있는 모든 거미형 몬스터가 성준 일행을 쫓아 달리기 시작했다.

"이번에는 안 쫓기려고 그렇게 준비했는데."

"아직 안 죽은 게 다행이지."

일행은 몬스터들에게 계속해서 쫓기고 있었다. 다행히 방향은 틀어지지 않아 하얀색의 건물이 보이기 시작했다.

"다 왔다!"

호영이 소리치는 사이 성준의 눈에는 몬스터의 마지막 방어선이 보였다.

"모두 앞에 적입니다. 지상에 네 마리, 나무에 세 마리."

몬스터들을 향해 화살이 쏟아졌다. 여성들의 허리나 등에 있는 화살집에 화살이 몇 개 없었다. 그 많던 화살이 벌써 바닥을 보이기 시작한 것이다. 숲에서 화살을 주울 시간이 없었기 때문이었다.

강력한 화살에 일행을 막던 몬스터들은 사방으로 나뒹굴어졌다. 헤라는 머리 위에서 이동하고 있는 몬스터에게 쇠뇌를 겨냥하고 화살을 쏘았다. 화살은 몬스터에게 명중했다.

그러나 치명타는 아니었는지 몬스터는 헤라를 향해 움직이기 시작했다.

헤라는 침착하게 화살집에 있는 화살을 잡았다. 그러나 화살이 하나도 잡히지 않았다. 헤라는 깜짝 놀라 몸이 굳어졌다.

그 사이에 몬스터는 헤라를 향해 뛰어들었다. 사방에서 몬스터를 향해 화살이 날아갔지만 몬스터의 기세가 죽지 않았다. 헤라가 반사적으로 눈을 감는 순간 몸이 옆으로 밀쳐지는 것이 느껴졌다.

밀쳐진 헤라는 눈을 떠 자신이 있던 자리를 보았다. 웨이브진 뒷머리가 보이고 그 머리를 향해 몬스터가 입을 벌리고 덮치는 모습이 모였다.

"꺄아아~악!"

헤라가 안타까워 소리를 지르다가 목소리가 높아졌다. 그 사람을 덮치던 몬스터가 그대로 그 사람을 통과해서 지면에 충돌한 것이다.

웨이브 진 뒷머리가 반 바퀴 돌더니 미영의 얼굴이 보였다. 미영은 바닥에 충돌한 몬스터의 머리에 쇠뇌를 대고 쏘았다. 어두운 숲 속에서는 능력이 잘 발동되는 것 같았다.

그리고 남은 몬스터는 성준과 정 교관의 손에 마무리되었다. 그렇게 해서 일행은 마지막 교전을 마치고 건물에 앞에 도착할 수 있었다.

저번과 마찬가지로 일행이 건물에 도착하자 몬스터들은 다시 숲 속으로 사라졌다.

"여기서 쉬다 가겠습니다."

성준의 휴식하라는 말에 일행 모두는 바닥에 누워버렸다.

"아! 편하게 온 적이 한 번도 없네."

"좀 더 강해져서 이번에는 편하게 올 줄 알았는데."

"그렇게 강한 놈들이 나올 줄 알았나."

"그 거대한 놈만 세 마리다."

"그래도 한 놈은 잡았잖아."

"그게 우리가 잡은 거냐? 성준 씨하고 정 교관님이 잡은 거지."

"거기다 마지막 놈은 소리만 듣고 보지도 못했잖아."

"그건 중간 것도 마찬가지지. 난 검은 연기만 보았어."

여성들은 아직 입을 움직일 힘은 있는지 누워서 잡담을 이어갔다. 남자들은 벽에 기대어 여성들의 잡담을 듣고 있었다.

체력이 가장 낮은 미영도 체력을 회복하고 어느 정도 시간이 지나자 기절해 있었던 재식이 눈을 떴다.

저쪽에서 누워 있던 하은이 어느새 성준 옆에 와 있었다.

"그 마비 실, 상당히 오래 기절하는데요?"

"밖에서 던전이 열렸을 때 방송국 공연장에서 거미 엘리트 몬스터가 사람을 마비시켜 실로 꽁꽁 싸매서 보관하더라고."

"으윽! 끔직해라."

성준의 이야기에 하은이 진저리를 쳤다. 모두 기력을 회복하자 장비를 최종 점검했다. 이제 앞에 있는 건물을 들어가야 할 때였다.

"아무래도 이번에는 귀환해야 할 것 같습니다."

"저도 같은 생각이에요. 저 거대한 괴수 몬스터를 상대하기도 힘든 판에 보스는 어림없을 것 같아요."

정 교관의 말에 성준이 동의했다. 성준은 장비를 챙기고 있는 일행을 둘러보았다.

저번보다는 많이 성장한 것이 확실했다. 정 교관이 들어옴으로 인해 기본기도 늘었고 정 교관의 무력도 상당히 도움이 되었다.

일행의 실력도 늘고 장비도 강화돼서 이제 한 사람 몫 이상은 다들 하는 상태였다.

　하지만 이번에 상대해 본 2레벨 엘리트 몬스터의 강함은 이루 말할 수 없을 정도였다. 성준의 생각으로는 적어도 일행 모두가 2레벨을 달성해야 할 것 같았다.

　"그럼 이번은 돌아가는 것으로 결정하겠습니다."

　성준의 말에 정 교관은 고개를 끄덕여 동의했다.

　성준은 건물의 입구에 사람들을 모이게 했다. 성준이 사람들을 모으자 모두 풀어졌던 정신을 추스르고 긴장한 표정으로 모였다.

　성준은 모두에게 당부했다.

　"정 교관하고도 이야기했지만 몬스터들이 예상보다 강합니다. 보스의 능력을 알 수 없는 지금 우리 모두가 좀 더 강해져야 할 것 같습니다. 보스 존 공략은 다음에 하기로 하겠습니다."

　모두는 성준의 말에 안도의 한숨을 쉬었다. 일행은 2레벨 엘리트 몬스터에게 모습에 충격을 받은 상태였다. 성준이 이대로 보스에게 도전할까 봐 모두 걱정이었던 모양이었다.

　"어차피 귀환 존을 아직 시간 안에 깰 수도 없고 말입니다."

　성준의 마지막 말에 모두 미소를 지었다.

일행은 중앙에 위치한 문을 통해 건물 안으로 들어갔다. 저번에 들어왔을 때와 다른 것이 없었다. 저번 전투의 흔적도 모두 사라져 있었다. 마치 새로 만든 건물처럼 깨끗한 상태였다.

"자, 준비합시다. 다희 씨, 부탁해요."

"네~!"

이번은 다희가 귀환 기둥에 손을 올리기로 했다. 하은과 헤라에게 손을 흔들고 다희는 쇠 기둥 옆에 섰다.

"모두 준비되었습니까?"

성준은 모두를 둘러보았다. 모두 긴장한 표정으로 각자의 자리에서 준비하고 있었다.

"다희 씨! 눌러주세요."

다희는 손 모양의 문양에 손을 올렸다.

전과 같이 기둥에서 문양이 위로 생겨나 바깥쪽으로 문양이 이동했다.

그리고 문양 아래에 거미형 몬스터가 등장했다. 성준이 습관적으로 정보를 확인했다.

―제4식 조합 키메라 버전.
―1등급.
―날개 달린 곤충류와 거미 계열을 합성.
―강점: 날 수 있다.

―약점: 입으로 분출하는 실에 날개가 걸려 잘 안 날려고
함.

"정말 싫어!"

"재수 없어!"

여성진은 이제 거미형 몬스터를 보고 짜증을 냈다. 숲 속에
서 계속 도망 다니는 와중에 거미형 몬스터는 징그러운 것이
아니라 짜증나는 것으로 바뀌어 있었다.

거미형 몬스터는 나타나자마자 여러 발의 화살을 몸에 꽂
고 연기가 돼서 사라졌다.

"모두 화살을 아껴요. 화살이 얼마 안 남았을 겁니다."

정 교관이 모두에게 주의를 주었다. 여성들은 자신의 화살
을 확인해 보았다. 확실히 얼마 안 남았다. 이제 남성들이 바
빠지기 시작했다.

그리고 두 마리가 나왔을 때도, 네 마리가 나왔을 때도 모
두 화살과 쇠뇌의 일제 사격에 의해 나오자마자 연기로 사라
졌다.

여성들은 활과 쇠뇌로 사방을 경계하고 성준과 호영 등은
떨어진 화살을 주우러 사방으로 뛰어다녔다.

"군대에서 탄피 찾으러 다니는 것도 아니고 이게 뭔 일이
래."

재식이 바닥에 있는 화살을 주우면서 투덜거렸다.

"또 다음 몬스터가 나온다. 뒤로 빠져."

호영은 투덜거리는 재식을 이끌고 뒤로 물러섰다. 이번에는 여덟 마리 몬스터가 등장했다.

재식과 호영, 헤라가 앞에서 방패를 들었다. 그리고 뒤에서 쇠뇌와 활 팀이 화살을 쏘아 몬스터의 수를 줄였다. 나머지 몬스터 중 두 마리는 공중으로 떠올랐고 나머지는 일행을 향해 달려들었다.

방패와 부딪친 몬스터를 성준과 정 교관이 창과 검으로 제거하고 쇠뇌보다 빨리 장전한 미리들이 활로 공중으로 떠오른 몬스터를 제거했다.

"오케이! 이대로만 가면 이번에는 쉽게 집에 가겠어."

헤라가 신이 나서 말했다.

문양이 빛이 났다.

─제4식 조합 키메라 각성 버전.

─1등급.

─날개 달린 곤충류와 거미 계열을 합성.

─특이 능력 각성: 마비 침.

─강점: 입으로 마비 침이 묻은 실을 쏘아 적을 마비.

─약점: 몸이 무거워 오래 못 난다.

정보를 확인하니 거미형 1레벨 엘리트 몬스터였다. 하지만

1레벨 엘리트 몬스터도 겨우 한 마리 가지고는 일행에게 큰 어려움이 되지 않았다.

거미형 1레벨 엘리트 몬스터는 나오자마자 바로 입에서 마비 액이 묻은 실 뭉치를 일행을 향해 쏘았지만 재식의 방패 능력에 의해 바로 막혔다.

재식은 이번에는 당하지 않으려고 방패 능력을 최대한 크게 걸었다. 다행히 마비 실은 재식에게 닿지 않았고 재식은 이번에는 기절하지 않아도 되었다.

거미형 1레벨 엘리트 몬스터는 강화된 활의 일제 사격을 막을 수 없었다.

몬스터는 화살에 고슴도치가 되었고 몬스터는 결국 검은 연기가 돼서 사라졌다. 성준은 구슬과 화살을 회수했고 이제 두 마리가 등장할 차례였다.

"모두 긴장해요. 저번에 두 마리 다 못 잡았어요."

성준은 시간을 보았다. 몬스터들을 상당히 빨리 죽여서 아직 시간이 있었다. 구슬을 더 습득할 수 있을 것 같았다.

거미형 엘리트 몬스터가 두 마리 등장했다. 몬스터들은 나타나자마자 실을 쏘아내기 위해 입을 벌렸다.

하지만 정 교관이 한발 빨랐다. 그중에 한 마리를 향해 능력을 사용해서 창을 강화한 후에 쏘아 보낸 것이다.

창은 일직선으로 왼쪽 몬스터를 향해 날아가 몬스터의 옆구리를 뚫고 지나갔다. 몬스터는 비명을 지르면서 사방으로 마비 실을 쏘아 보냈다. 호영과 재식은 일행이 실에 맞지 않게 하기 위해 정신없이 뛰어다녔다.

다른 한 몬스터는 결국 재식의 방패 능력에 실이 막혔고 그 몬스터를 향해 화살이 쏟아졌다. 몬스터는 여러 발의 화살을 맞고도 날뛰었지만 결국 미리의 화살에 머리가 구멍이 나서 움직임을 멈추었다.

성준은 사방으로 실을 미친 듯이 쏘아내는 몬스터의 아래로 능력을 사용해 미끄러져 들어갔다. 그리고 몬스터의 턱에 검을 찔러 넣었다. 몬스터는 그대로 쓰러져서 성준을 깔아뭉갰다.

성준은 이번에는 가만히 누워 몬스터가 사라지기를 기다렸다. 잠시 뒤 몬스터는 연기가 돼서 사라졌다.

그렇게 또 두 마리의 몬스터가 연기가 되었다. 모두의 얼굴에는 자랑스러움이 넘쳐흘렀다. 그렇게 고생하던 몬스터들을 이제는 어렵지 않게 잡고 있었으니 모두 기분이 좋았다.

성준은 자리에서 일어나서 시간을 보았다. 이제 얼마 안 남았다.

"이번에 나오는 놈만 잡을 수 있으면 잡고 돌아갑시다. 처음 보는 몬스터일 테니 모두 주의하시기 바랍니다."

"넵."

모두 기운차게 대답했다. 이제 한 번만 더 몬스터를 잡으면 집에 가서 쉴 수 있다는 생각에 기운이 절로 났다.

다시 기둥에서 문양이 떠오르더니 갑자기 16개의 문양으로 분화했다. 그리고 그 문양은 벽으로 가서 16마리의 몬스터가 되어서 나타났다.

16마리의 몬스터는 1레벨 몬스터와 2레벨 몬스터가 여덟 마리씩 섞여 있는 상태였다.

"몬스터 등장 패턴이 바뀌었습니다. 모두 주의하세요!"

성준은 일행에게 소리를 질렀다. 사람들은 정신이 번쩍 들었다. 나타난 몬스터 중 1레벨 몬스터는 바로 날개를 움직여 공중으로 떠올랐고 2레벨 몬스터는 그 자리에서 입에서 실을 뿜어냈다.

"활, 쇠뇌! 공중 몬스터 사격!"

정 팀장은 일행을 향해 소리쳤다. 몬스터의 숫자가 갑자기 너무 많아졌다. 다행히 엘리트 몬스터가 없어서 마비당할 걱정은 없었지만 2레벨 몬스터와 1레벨 몬스터의 합공은 상당히 까다로웠다.

1레벨 거미형 몬스터가 사방을 날아다니고 화살이 하늘로 솟구쳤다. 하얀 실이 구름처럼 퍼져 일행을 포위했다.

정 팀장이 창을 던져 실을 뚫고 2레벨 몬스터 한 마리를 꿰뚫었다. 그러자 그 옆에 있던 2레벨 몬스터가 실의 장막을 뛰어넘어 미리들이 화살을 날리고 있는 곳으로 뛰어들었다.

재식이 다행히 그 앞에 있어서 2레벨 몬스터의 난입을 막을 수 있었다. 성준은 재식의 방패 능력과 충돌해 뒤로 밀려난 몬스터에게 뛰어가 몬스터의 머리를 칼로 내려찍었다.

화살은 날고 있는 1레벨 몬스터들을 꿰뚫었다. 미리와 여고생 친구들이 쏘는 화살은 특히나 더 강력해서 몬스터들의 몸에 구멍이 뚫렸다.

덕분에 머리 위를 날던 1레벨 몬스터들은 화살에 의해 정리되어 가고 있었다. 가끔 화살을 쏘고 있는 일행을 향해 몬스터들이 자신의 몸을 내리꽂았지만 재식과 호영의 방어에 의해 막히고 말았다.

방패에 막혀서 굴러 떨어진 몬스터들은 성준과 정 교관에게 정리당했다.

어느덧 한 마리만 남기고 모든 몬스터가 연기가 돼서 사라졌다. 마지막으로 다른 모든 몬스터가 죽자 남은 한 마리는 자신이 뽑은 실을 뚫고 결사적으로 일행을 향해 덤벼들었다.

덤벼든 2레벨 몬스터가 재식의 방패 능력에 의해 뒤로 팅기자 성준이 바로 달려가 절단 강화가 걸린 검으로 한쪽 날개와 다리를 잘라냈다.

성준의 검에 의해 한쪽 날개와 다리가 절단당한 몬스터는 피를 흘리며 쓰러졌다. 몬스터는 자리에 쓰러져서 빙글빙글

돌고 있었다.

성준은 숨을 헐떡이는 몬스터를 보고 다시 시계를 봤다. 이제 집으로 돌아갈 시간이 다 되었다. 성준은 주위를 둘러보았다.

아직도 한 손에 활을 들고 사방을 살피는 여고생들, 많이 지쳐서 두 손을 무릎에 올리고 헐떡이는 여대생들, 방패를 바닥에 세우고 몸을 기대고 있는 호영과 재식, 창을 한 손에 잡고 일행을 살피는 정 교관, 그리고 손을 마주치는 보람과 미영… 모두 자잘한 상처는 입었지만 모두 잘 버텼다.

성준은 모두에게 소리쳤다.

"이제 집으로 돌아갑시다!"

"와아!"

모두 손을 들고 환호성을 질렀다.

성준은 마지막으로 시계를 확인 후 시간에 맞추어 몬스터의 머리에 칼을 꽂았다. 이제 끝났다.

그러자 던전 전체를 울리는 목소리가 있었다.

성준과 일행은 처음 듣는 언어지만 이해할 수 있었다.

[시간 안에 모든 몬스터를 잡았습니다. 보스룸 이동 존으로 전환됩니다.]

그리고 바닥의 문양이 검은색의 소용돌이 문양으로 순식

간에 바뀌었다.

성준은 욕설을 내뱉었다.

"염병할."

일행은 소환진에서 사라졌다.

『몬스터홀』 3권에 계속…

이 시대를 선도하는 이북 사이트

이젠북

www.ezenbook.co.kr

더욱 막강해진 라인업!
최강의 작가들이 보이는 최고의 재미.

이들의 "유료연재"가 시작됩니다!

김재한 『성운을 먹는 자』
홍정훈 『월야환담 광월야』
이지환 『어린황후』
좌백 『천마군림 2부』
김정률 『아나크레온』

태제 『태왕기 현왕전』
전진검 『퍼팩트 로드』
방태산 『완벽한 인생』
왕후장상 『전혁』
설경구 『게임볼』

검색창에 **이젠북** 을 쳐보세요! ▼ 🔍

HERO 2300

FUSION FANTASTIC STORY

영웅2300

말리브 장편 소설

「도시의 주인」 말리브 작가의
특급 영웅이 온다!
『영웅2300』

돈 없는 찌질한 인생 이오열,
잠재 능력 테스트에서 높은 레벨을 받았지만

"젠장, 망했어! 되는 일이 하나도 없어!"

하필이면 최악의 망캐 연금술사가 될 줄이야!

그러나 포기란 없다.
최악에서 최고가 되기 위한
오열의 이야기가 시작된다!

Book Publishing CHUNGEORAM

유행이 아닌 자유추구 -
WWW.chungeoram.com

Sanctum
생텀

이영균 판타지 장편 소설

FUSION FANTASTIC STORY

취재 현장에서 맞닥뜨린 녹색 괴물.
그리고 무혁은 한 번 죽었다.

죽음에서 깨어난 무혁에게 다가온 것은 숨겨졌던 이세계, 생텀의 존재였다!

현대에 스며든 악신 투르칸의 잔인한 손길.
생텀에서 온 성녀 후보 로미와 도멜 남작을 도우며
무혁의 삶은 점차 비일상에 접어드는데…….

이계와의 통로는 과연 우연인 것인가?
생텀(Sanctum)의
진정한 의미를 찾아라!

Book Publishing CHUNGEORAM

유행이 아닌 자유추구 -
WWW.chungeoram.com

The Record of
Dragon's
Return

재중
귀환
록

푸른 하늘 장편 소설
FUSION FANTASTIC STORY

『현중 귀환록』, 『바벨의 탑』의
푸른 하늘 신작!
이계를 평정한 위대한 영웅이 돌아왔다!

어느 날 갑자기 찾아온 부모님의 죽음.
그리고 여동생과의 생이별.
모든 것을 감당하기에 재중은 너무 어렸다.
삶에 지쳐 모든 것을 포기할 때, 이계에서 찾아온 유혹.

"여동생을 찾을 힘을 주겠어요.
…대신 나를 도와주세요."

자랑스러운 오빠가 되기 위해!
행복한 삶을 위해!

위대한 영웅의
평범한(?) 현대 적응이 시작된다!

Book Publishing CHUNGEORAM

유행이 아닌 자유추구 ―
WWW. chungeoram.com

LORD

FANTASY FRONTIER SPIRIT

RAY SHADE

영주 레이샤드

한승현 판타지 장편소설

저주받은 영지 아베론의 영주 레이샤드.
열다섯 번째 생일날,
정체불명의 열쇠가 그의 운명을 바꾸었다!

『영주 레이샤드』

시험의 궁을 여는 자, 원하는 것을 얻으리니!
시련을 극복하고 새로운 땅의 주인이 되어라!

레이샤드의 일대기가 시작된다!

Book Publishing CHUNGEORAM

유행이 아닌 자유추구 -
WWW.chungeoram.com

무경 新무협 판타지 소설

암제귀환록

FANTASTIC ORIENTAL HEROES

마흔에 이르기도 전에 얻은 위명.
암제(暗帝).

무림맹의 충실한 칼날이었던 사내.
그가 무림맹 최후의 날에
모든 것을 후회하며 무릎을 꿇었다.

"만약 그때로 돌아갈 수 있다면……."

사내의 눈이 형용할 수 없는 빛을 토했다.

"혈교는 밤을 두려워하게 될 것이다!"

Book Publishing CHUNGEORAM

유행이 아닌 자유추구 ―
WWW.chungeoram.com

전혁 新무협 판타지 소설
FANTASTIC ORIENTAL HEROES

왕후장상

『월풍』, 『신궁전설』의 작가 전혁이 전하는
유쾌, 상쾌, 통쾌 스토리, 『왕후장상』!

문서 위조계의 기린아 기무결.
사기 쳐서 잘 먹고 잘살던 그에게 날벼락이 떨어졌다.
바로 녹슨 칼에서 나온 오천만 냥짜리 보물지도!

기무결에게 내려진 숙제,
오천만 냥을 찾아라!

그러나 꼬인 행보 끝 도착한 곳은 동창의 감옥이었으니……

"으아악! 이게 뭐야!! 무림맹이 왜 여기 있는 거야!"

천하제일거부를 향한 기무결의
끝없는 도전이 시작된다!

Book Publishing CHUNGEORAM

유행이 아닌 자유추구 -
WWW. chungeoram.com

용마검전

FANTASY FRONTIER SPIRIT

김재한 판타지 장편 소설

「폭염의 용제」, 「성운을 먹는 자」의 작가 김재한!
또다시 새로운 신화를 완성하다!

『용마검전』

사악한 용마족의 왕 아테인을 쓰러뜨리고
용마전쟁을 끝낸 용사 아젤!

그러나 그 대가로 받은 것은 죽음에 이르는 저주.
아젤은 저주를 풀기 위해 기나긴 잠에 빠져든다.

그로부터 220년 후……

긴 잠에서 깨어난 아젤이 본 것은
인간과 용마족이 더불어 살아가는 새로운 세상이었다.

Book Publishing CHUNGEORAM

유행이 아닌 자유추구 -
WWW.chungeoram.com

허담 新무협판타지소설

FANTASTIC ORIENTAL HEROES

검은별

하늘아래 모든 곳에 있고,
결코 사라지지 않는다.

세상은 그들을 멸시하지만,
세상의 모든 야망가가 은밀히 거래한다.

선과 악이 어우러지고,
어둠과 밝음이 서로를 의지하듯
세상의 빛 그 아래 존재하는 자들.

무수한 별이 빛을 잃어 어둠을 먹고사는
검은 별이 되어 살아가는,
그리하여 세상 모든 사람이 두려워하는…

그들은 유령문이다!

Book Publishing CHUNGEORAM

유행이 아닌 자유추구 –
WWW. chungeoram.com

연재 사이트 베스트 1위!
어디에서도 볼 수 없었던 천재 의사가 온다!

『메디컬 환생』

언제나 실패만 거듭해 온 의사 진현,
그런 그에게 찾아온 인연의 끈이 있었으니.

"다시 삶을 살면… 어떤 삶을 살고 싶으신가요?"

다시 한 번 주어진 인생
이번엔 반드시 성공하리라!

Book Publishing CHUNGEORAM

유행이 아닌 자유추구 -
WWW.chungeoram.com